Z 42886

BIBLIOTHÈQUE

D'UNE

MAISON DE CAMPAGNE.

TOME LXXI.

HUITIÈME LIVRAISON.

LES MILLE ET UNE NUITS.

LES

MILLE ET UNE NUITS,

CONTES ARABES.

IMPRIMERIE DE LEBÈGUE.

LES
MILLE ET UNE NUITS,

CONTES ARABES,

TRADUITS EN FRANÇAIS

PAR M. GALLAND,

MEMBRE DE L'ACADÉMIE DES INSCRIPTIONS
ET BELLES-LETTRES, PROFESSEUR DE LANGUE
ARABE AU COLLÉGE ROYAL.

TOME PREMIER.

A PARIS,

CHEZ LEBÉGUE, IMPRIMEUR-LIBRAIRE,
RUE DES RATS, N° 14, PRÈS LA PLACE MAUBERT.

1822.

A MADAME

LA MARQUISE

D'O,

DAME DU PALAIS DE MADAME LA DUCHESSE DE BOURGOGNE.

MADAME,

LES bontés infinies que monsieur DE GUILLERAGUES, votre illustre père, eut pour moi dans le séjour que je fis, il y a quelques années à Constantinople, sont trop présentes à mon esprit pour négliger aucune occasion de publier la reconnaissance que je dois à sa mémoire. S'il vivait encore pour le bien de la France et pour mon bonheur, je prendrais la liberté de lui dédier cet Ouvrage, non-seulement comme à mon bienfaiteur, mais encore

comme au génie le plus capable de goûter et
de faire estimer aux autres les belles choses.
Qui peut ne se pas souvenir de l'extrême jus-
tesse avec laquelle il jugeait de tout ? Ses moindres pensées, toujours brillantes, ses moindres
expressions, toujours précises et délicates, faisaient l'admiration de tout le monde ; et jamais
personne n'a joint ensemble tant de grâces et
tant de solidité. Je l'ai vu dans un temps où,
tout occupé du soin des affaires de son maître,
il semblait ne pouvoir montrer au-dehors que
les talens du ministère, et sa profonde capa-
cité dans les négociations les plus épineuses.
Cependant toute la gravité de son emploi ne
pouvait rien diminuer de ses agrémens inimi-
tables qui avaient fait le charme de ses amis,
et qui se faisaient sentir même aux nations les
plus barbares avec qui ce grand homme avait
à traiter. Après la perte irréparable que j'en
ai faite, je ne puis m'adresser qu'à vous,
MADAME, puisque vous seule pouvez me tenir
lieu de lui ; et c'est dans cette confiance que
j'ose vous demander, pour ce livre, la même
protection que vous avez bien voulu accorder

à la traduction française de sept Contes Arabes
que j'eus l'honneur de vous présenter. Vous
vous étonnez que, depuis ce temps-là, je n'aie
pas eu l'honneur de vous les offrir imprimés.

Le retardement, MADAME, vient de ce
qu'avant de commencer l'impression, j'appris
que ces Contes étaient tirés d'un recueil prodigieux de Contes semblables, en plusieurs
volumes, intitulé LES MILLE ET UNE NUITS.
Cette découverte m'obligea de suspendre cette
impression, et d'employer mes soins à re-
couvrer le recueil. Il a fallu le faire venir de
Syrie, et mettre en français le premier volume, que voici, de quatre seulement qui
m'ont été envoyés. Les Contes qu'il contient
vous seront sans doute beaucoup plus agréables que ceux que vous avez déjà vus. Ils vous
seront nouveaux, et vous les trouverez en plus
grand nombre; vous y remarquerez même
avec plaisir le dessein ingénieux de l'auteur
arabe, qui n'est pas connu, de faire un corps
si ample de narrations de son pays, fabu-
leuses à la vérité, mais agréables et diver-
tissantes.

Je vous supplie, MADAME, de vouloir bien agréer ce petit présent que j'ai l'honneur de vous faire : ce sera un témoignage public de ma reconnaissance, et du profond respect avec lequel je suis et serai toute ma vie,

MADAME,

Votre très-humble et très-obéissant serviteur,

GALLAND.

NOTICE

SUR M. GALLAND.

Antoine Galland naquit en 1646, de pauvres mais honnêtes parens établis dans un petit bourg de Picardie nommé Rollo, à deux lieues de Montdidier, et à six de Noyou.

Il n'avait que quatre ans, et il était le septième enfant de la maison, quand son père mourut. Sa mère, ne sachant à quoi l'employer, et réduite elle-même à vivre du travail de ses mains, fit tant qu'elle le plaça enfin dans le collége de Noyon, où le principal et un chanoine de la cathédrale voulurent bien partager entre eux le soin et les frais de son éducation.

Il y resta jusqu'à l'âge de treize à quatorze ans, qu'il perdit tout à la fois ses deux protecteurs; ce qui l'obligea à revenir chez sa mère avec un peu de latin, de grec, et même d'hébreu, dont elle ne connaissait nullement le mérite, et dont il n'était pas non plus en état de faire un grand usage.

Elle se détermina aussitôt à lui faire apprendre un métier. Antoine Galland obéit; et, malgré toute sa répuguance, il demeura un an entier avec le maître chez qui on l'avait mis en apprentissage. Mais, soit qu'il ne fût pas né pour un art vil et abject, ou que, plus vraisemblablement, ce fût le goût des lettres qui lui élevât le courage, il quitta un jour, et prit le chemin de Paris, sans autres fonds que l'adresse d'une vieille parente qui y était en condition, et celle d'un bon ecclésiastique qu'il avait vu quelquefois chez son chanoine à Noyon.

Cette tentative lui réussit au-delà de ses espérances : on le produisit au sous-principal du collége du Plessis, qui lui fit continuer ses études, et le donna ensuite à M. Petitpied, docteur de Sorbonne. Là il se fortifia dans la connaissance de l'hébreu et des autres langues orientales, par la liberté qu'il avait d'en aller prendre des leçons au Collége royal, et par l'envie qu'il eut de faire le catalogue des manuscrits orientaux de la bibliothèque de Sorbonne.

De chez M. Petitpied, il passa au collége Mazarin, qui n'était pas encore en plein exercice; mais un professeur, nommé M. Godouin, y avait rassemblé un certain nombre d'enfans de trois ou quatre ans seulement, parmi lesquels était M. le duc de la Meilleraye ; et il se proposait de leur faire apprendre le latin fort aisément et fort vite, en mettant auprès d'eux des gens qui ne leur parleraient jamais d'autre langue. M. Galland, associé à ce travail, n'eut pas le temps de voir quel en serait le succès : M. de Nointel, nommé à l'ambassade de Constantinople, l'emmena avec lui, pour tirer des églises grecques des attestations en forme sur les articles de leur foi, qui faisaient alors un grand sujet de dispute entre M. Arnaud et le ministre Claude. M. Galland, arrivé à Constantinople, y acquit bientôt l'usage du grec vulgaire, par les longues conférences qu'il eut avec un patriarche déposé, et plusieurs métropolites, qui, persécutés par les bachas, s'étaient réfugiés dans le palais de France. Il tira d'eux et des autres chefs de l'Eglise les attestations qu'on avait demandées, et il y joignit tout ce qu'il avait pu recueillir de leurs entretiens.

M. de Nointel, de son côté, ayant renouvelé avec la Porte les capitulations du commerce, prit cette occasion d'aller visiter les Échelles du Levant, d'où il passa à Jérusalem, et dans tous les autres lieux de la Terre-Sainte qui ont quelque réputation. M. Galland fut du voyage : il allait à la découverte; il annonçait ensuite à M. l'ambassadeur ce qu'il avait trouvé de curieux ; il copiait les inscriptions; il dessinait, le mieux qu'il pouvait, les autres monumens; souvent même il les enlevait, suivant la facilité qu'il y avait à les faire transporter; et c'est à de pareils soins que nous devons, entre autres, les marbres singuliers qui sont aujourd'hui dans le cabinet de M. Baudelot, et dont le P. Dom Bernard de Montfaucon a publié quelques fragmens dans sa Palœographie.

M. Galland ne jugea pas à propos de retourner à Constantinople avec M. de Nointel; il aima mieux revenir à Paris : il y arriva en 1675; et à l'aide de quelques médailles qu'il avait ramassées, il fit connaissance avec MM. Vaillant, Carcavy et Giraud. Ces trois curieux l'engagèrent, pour peu de chose, dans un second voyage au Levant, d'où il rapporta, l'année suivante, beaucoup de médaillons qui ont passé dans le cabinet du Roi.

En 1679, M. Galland fit un troisième voyage, mais sur un autre pied. Ce fut aux dépens de la Compagnie des Indes-Orientales, qui, pour faire sa cour à M. Colbert, avait imaginé de faire chercher dans le Levant, par un connaisseur, ce qui pourrait enrichir son cabinet et sa bibliothèque. Le changement qui arriva dans cette compagnie-là, fit cesser, au bout de dix-huit mois, la commission de M. Galland; mais M. Colbert, qui en fut informé, l'employa par lui-même; et après sa mort, M. le marquis de Louvois l'obligea à continuer encore quelque temps ses recherches, sous le titre d'antiquaire du Roi. Pendant ce long séjour, M. Galland apprit à fond l'arabe, le turc, le persan, ci fit quantité d'observations singulières.

Il était prêt à s'embarquer à Smyrne, quand il pensa y périr par un prodigieux tremblement de terre.

La grande et première secousse vint sur le midi, temps auquel il y a communément du feu dans toutes les maisons; et cette circonstance joignit au bouleversement général un incendie épouvantable : plus de quinze mille habitans furent ensevelis sous les ruines, ou dévorés par les flammes. M. Galland fut préservé du feu par un privilége assez ordinaire aux cuisines des philosophes; et les décombres de son toit l'enterrèrent de manière que, par des espèces de petits canaux interrompus, il jouissait encore de quelque respiration : c'est ce qui le sauva; car il n'en fut retiré que le lendemain.

Il repassa en France à la première occasion qu'il en eut; et à son retour à Paris, M. Thévenot, garde de la bibliothèque du Roi, l'employa. La mort de ce bibliothécaire, qui arriva quelques années après, le priva de cet emploi.

M. d'Herbelot l'engagea ensuite à lui prêter son secours pour l'impression de sa Bibliothèque orientale; mais celui-ci mourut encore au bout de quelque temps, laissant son ouvrage à moitié imprimé : M. Galland le continua tel que nous l'avons, et en fit la préface.

Il n'eut pas moins de part à l'édition du Ménagiana qui parut alors : on croit même que c'est lui qui a fourni tous les matériaux du premier volume. Il avait encore donné immédiatement auparavant une *Relation de la mort du sultan Osman, et du couronnement du sultan Mustapha*, traduite du turc, et un *Recueil de maximes et de bons mots, tirés des ouvrages des Orientaux*.

Après la mort de M. d'Herbelot, il s'attacha à M. Bignon, premier président du grand-conseil, qui, par un goût héréditaire à sa famille, voulait toujours avoir auprès de lui quelque homme de lettres. M. Bignon mourut aussi l'année suivante; et il semblait que ce fût le sort de M. Galland de perdre en moins de rien ces protections utiles que le mérite le plus reconnu est quelquefois très-long-temps à obtenir; mais celle de ce digne magistrat passa les bornes ordinaires; il lui laissa une petite pension viagère; et, par surcroît de bonheur ou de consolation, M. Foucault, conseiller d'État, qui était alors intendant en Basse-Normandie, l'appela auprès de lui.

Dans le doux loisir d'une situation si tranquille, au milieu d'une ample bibliothèque et d'un riche amas de médailles, M. Galland composa plusieurs petits ouvrages, dont quelques-uns ont été imprimés à Caen même : comme un *Traité de l'origine du café*, traduit de l'arabe, et trois ou quatre *Lettres sur différentes médailles du Bas-Empire.* C'est encore là qu'il a commencé l'immense traduction de ces *Contes Arabes*, si connus sous le nom des *Mille et une Nuits.*

Quoique M. Galland demeurât encore à Caen en l'année 1701, il ne laissa pas d'être admis par le Roi dans l'Académie des Inscriptions, lors de son renouvellement : et aussitôt il entreprit pour elle un *Dictionnaire numismatique, contenant l'explication des noms de dignités, des titres d'honneur, et généralement de tous les termes singuliers qu'on trouve sur les médailles antiques, grecques et romaines.*

Il revint enfin à Paris en 1706; et depuis ce temps-là jusqu'à sa mort, il a toujours été d'une assiduité exemplaire à nos assemblées; il y a lu un très-grand nombre de dissertations : les unes tirées de son Dictionnaire numismatique, ou de l'explication qu'il avait faite de la plupart des médailles choisies du cabinet de M. Foucault; les autres du commerce des lettres qu'il entretenait avec plusieurs savans étrangers, MM. Cuper, Barry, Rhenferd, Réland; d'autres sur différens points de littérature agités dans la compagnie; d'autres enfin sur des monumens orientaux, au sujet desquels on le consultait souvent, surtout depuis l'année 1709, qu'il avait été nommé professeur en langue arabe au Collége royal.

Mais ce ne sont pas là les seuls ouvrages qu'ait

laissés M. Galland. On en a trouvé un plus grand nombre encore dans ses papiers, et les plus considérables sont : *une Relation de ses voyages, en deux porte-feuilles in-4°; une Description particulière de la ville de Constantinople ; des Additions à la Bibliothèque orientale de M. d'Herbelot*, dont on ferait un volume in-folio aussi gros que celui qui est imprimé; *un Catalogue raisonné des historiens turcs, arabes et persans ; une Histoire générale des empereurs turcs ; une Traduction de l'Alcoran, avec des remarques historiques-critiques fort amples, et des Notes grammaticales sur le texte; une Suite de la traduction des Mille et une Nuits*, pour la valeur d'environ deux volumes. Tant d'ouvrages, qui semblent marquer une extrême facilité, étaient le fruit d'un travail dur et suivi, qui, pour le nombre des productions, surpasse ordinairement la facilité même.

M. Galland travaillait sans cesse, en quelque situation qu'il se trouvât, ayant très-peu d'attention sur ses besoins, n'en ayant aucune sur ses commodités ; remplaçant, quand il le fallait, par ses seules lectures, ce qui lui manquait du côté des livres; n'ayant pour objet que l'exactitude, et allant toujours à sa fin, sans aucun égard pour les ornemens qui auraient pu l'arrêter.

Simple dans ses mœurs et dans ses manières comme dans ses ouvrages, il aurait toute sa vie enseigné à des enfans les premiers élémens de la grammaire, avec le même plaisir qu'il a eu à exercer son érudition sur différentes matières.

Homme vrai jusque dans les moindres choses, sa droiture et sa probité allaient au point que, rendant compte à ses associés de sa dépense dans le Levant, il leur comptait seulement un sou ou deux, quelquefois rien du tout pour les journées qui, par des conjonctures favorables, ou même par des abstinences involontaires, ne lui avaient pas coûté davantage.

Il mourut, le 17 février 1715, d'un redoublement d'asthme, auquel se joignit, sur la fin, une fluxion de poitrine : il avait 69 ans.

L'amour des lettres est la dernière chose qui s'est éteinte en lui. Il pensa, peu de jours avant sa mort, que ses ouvrages, le seul, l'unique bien qu'il laissait, pourraient être dissipés, s'il n'y mettait ordre; il le fit, et de la façon la plus simple et la plus militaire, se contentant de le dire publiquement à un neveu qui était venu de Noyon pour l'assister dans sa maladie; et, suivant cette disposition, qui a été fidèlement exécutée, ses manuscrits orientaux ont passé dans la bibliothèque du Roi; son Dictionnaire numismatique est revenu à l'Académie, et sa traduction de l'Alcoran a été portée à M. l'abbé Bignon, comme un gage de son estime et de sa reconnaissance.

C'est avec une fortune si médiocre que M. Galland à eu la gloire de faire les plus illustres héritiers.

AVERTISSEMENT.

Il n'est pas besoin de prévenir le Lecteur sur le mérite et la beauté des Contes qui sont renfermés dans cet Ouvrage. Ils portent leur recommandation avec eux. Il ne faut que les lire pour demeurer d'accord qu'en ce genre on n'a rien vu de si beau jusqu'à présent dans aucune langue.

En effet, qu'y a-t-il de plus ingénieux, que d'avoir fait un corps d'une quantité prodigieuse de Contes, dont la variété est surprenante, et l'enchaînement si admirable, qu'ils semblent avoir été faits pour composer l'ample recueil dont ceux-ci ont été tirés ? Je dis l'ample recueil, car l'original arabe, qui est intitulé : LES MILLE ET UNE NUITS, a trente-six parties ; et ce n'est que la traduction de la première qu'on donne aujourd'hui au Public. On ignore le nom de l'auteur d'un si grand Ouvrage ; mais vraisemblablement il n'est pas tout d'une main ; car comment pourra-t-on croire qu'un seul homme ait eu l'imagination assez fertile pour suffire à tant de fictions ?

Si les Contes de cette espèce sont agréables et divertissans par le merveilleux qui y règne d'ordinaire, ceux-ci doivent l'emporter en cela sur tous ceux qui ont paru, puisqu'ils sont remplis d'événemens qui surprennent et attachent l'esprit, et qui font voir de combien les Arabes surpassent les autres nations en cette sorte de composition.

Ils doivent plaire encore par les coutumes et les mœurs des Orientaux, par les cérémonies de leur religion, tant païenne que mahométane; et ces choses y sont mieux marquées que dans les auteurs qui en ont écrit, et que dans les relations des voyageurs. Tous les Orientaux, Persans, Tartares et Indiens s'y font distinguer, et paraissent tels qu'ils sont, depuis les souverains jusqu'aux personnes de la plus basse condition. Ainsi, sans avoir essuyé la fatigue d'aller chercher ces peuples dans leurs pays, le Lecteur aura ici le plaisir de les voir agir et de les entendre parler. On a pris soin de conserver leurs caractères, de ne pas s'éloigner de leurs expressions et de leurs sentimens ; et l'on ne s'est écarté du texte que quand la bienséance n'a pas permis de s'y attacher. Le traducteur se flatte que les personnes qui entendent l'arabe, et qui voudront prendre la peine de confronter l'original avec la copie, conviendront qu'il a fait voir les Arabes aux Français avec toute la circonspection que demandait la délicatesse de notre langue et de notre temps.

Pour peu même que ceux qui liront ces Contes soient disposés à profiter des exemples de vertu et de vice qu'ils y trouveront, ils en pourront tirer un avantage qu'on ne tire point de la lecture des autres Contes, qui sont plus propre à corrompre les mœurs qu'à les corriger.

LES

MILLE ET UNE NUITS,

CONTES ARABES.

Les chroniques des Sassaniens, anciens rois de Perse qui avaient étendu leur empire dans les Indes, dans les grandes et petites îles qui en dépendent, et bien loin au-delà du Gange, jusqu'à la Chine, rapportent qu'il y avait autrefois un Roi de cette puissante maison qui était le plus excellent prince de son temps. Il se faisait autant aimer de ses sujets, par sa sagesse et sa prudence, qu'il s'était rendu redoutable à ses voisins par le bruit de sa valeur et par la réputation de ses troupes belliqueuses et bien disciplinées. Il avait deux fils : l'aîné, appelé Schahriar, digne héritier de son père, en possédait toutes les vertus ; et le cadet, nommé

Schahzenan, n'avait par moins de mérite que son frère.

Après un règne aussi long que glorieux, ce Roi mourut, et Schahriar monta sur le trône. Schahzenan, exclus de tout partage par les lois de l'Empire, et obligé de vivre comme un particulier, au lieu de souffrir impatiemment le bonheur de son aîné, mit toute son attention à lui plaire. Il eut peu de peine à y réussir. Schahriar, qui avait naturellement de l'inclination pour ce prince, fut charmé de sa complaisance; et, par un excès d'amitié, voulant partager avec lui ses Etats, il lui donna le royaume de la Grande-Tartarie. Schahzenan en alla bientôt prendre possession, et il établit son séjour à Samarcande, qui en était la capitale.

Il y avait déjà dix ans que ces deux Rois étaient séparés, lorsque Schahriar, souhaitant passionnément de revoir son frère, résolut de lui envoyer un ambassadeur pour l'inviter à le venir voir. Il choisit pour cette ambassade son premier visir (premier ministre), qui partit avec une suite conforme à sa dignité : il fit toute

la diligence possible. Quand il fut près
de Samarcande, Schahzenan, averti de
son arrivée, alla au-devant de lui avec
les principaux seigneurs de sa Cour, qui,
pour faire plus d'honneur au ministre du
Sultan, s'étaient tous habillés magnifiquement. Le roi de Tartarie le reçut avec
de grandes démonstrations de joie, et lui
demanda d'abord des nouvelles du Sultan
son frère. Le visir satisfit sa curiosité; après
quoi il exposa le sujet de son ambassade.
Schahzenan en fut touché. « Sage Visir,
dit-il, le Sultan mon frère me fait trop
d'honneur, et il ne pouvait rien me proposer qui me fût plus agréable. S'il souhaite de me voir, je suis pressé de la même
envie. Le temps, qui n'a point diminué
son amitié, n'a point affaibli la mienne.
Mon royaume est tranquille, et je ne
veux que dix jours pour me mettre en
état de partir avec vous. Ainsi il n'est pas
nécessaire que vous entriez dans la ville
pour si peu de temps. Je vous prie de vous
arrêter en cet endroit, et d'y faire dresser
vos tentes. Je vais ordonner qu'on vous
apporte des rafraîchissemens en abon-

dance pour vous et pour toutes les personnes de votre suite. » Cela fut exécuté
sur-le-champ. Le Roi fut à peine rentré
dans Samarcande, que le visir vit arriver
une prodigieuse quantité de toutes sortes
de provisions, accompagnées de régals
et de présens d'un très-grand prix.

Cependant Schahzenan, se disposant à
partir, régla les affaires les plus pressantes, établit un conseil pour gouverner
son royaume pendant son absence, et mit
à la tête de ce conseil un ministre dont la
sagesse lui était connue, et en qui il avait
une entière confiance. Au bout de dix
jours, ses équipages étant prêts, il dit
adieu à la Reine sa femme, sortit sur le
soir de Samarcande, et, suivi des officiers
qui devaient être du voyage, il se rendit
au pavillon royal qu'il avait fait dresser
auprès des tentes du visir. Il s'entretint
avec cet ambassadeur jusqu'à minuit.
Alors, voulant encore une fois embrasser
la Reine, qu'il aimait beaucoup, il retourna seul dans son palais. Il alla droit à
l'appartement de cette princesse, qui,
ne s'attendant pas à le revoir, avait reçu

dans son lit un des derniers officiers de sa maison. Il y avait déjà long-temps qu'ils étaient couchés, et ils dormaient tous deux d'un profond sommeil.

Le Roi entra sans bruit, se faisant un plaisir de surprendre par son retour une épouse dont il se croyait tendrement aimé. Mais quelle fut sa surprise, lorsqu'à la clarté des flambeaux, qui ne s'éteignent jamais la nuit dans les appartemens des princes et des princesses, il aperçut un homme dans ses bras! Il demeura immobile durant quelques momens, ne sachant s'il devait croire ce qu'il voyait. Mais n'en pouvant douter : « Quoi! dit-il en lui-même, je suis à peine hors de mon palais, je suis encore sous les murs de Samarcande, et l'on m'ose outrager! Ah! perfide, votre crime ne sera pas impuni! Comme Roi, je dois punir les forfaits qui se commettent dans mes États; comme époux offensé, il faut que je vous immole à mon juste ressentiment. » Enfin ce malheureux prince, cédant à son premier transport, tira son sabre, s'approcha du lit, et d'un seul coup fit passer les coupables du sommeil à la mort; ensuite, les prenant l'un après l'autre, il les jeta par une fenêtre dans le fossé dont le palais était environné.

S'étant vengé de cette sorte, il sortit de la ville comme il y était venu, et se retira sous son pavillon. Il n'y fut pas plutôt arrivé, que, sans parler à personne de ce qu'il venait de faire, il ordonna de plier les tentes et de partir. Tout fut bientôt prêt; et il n'était pas jour encore, qu'on se mit en marche au son des timbales et de plusieurs autres instrumens qui inspiraient de la joie à tout le monde, hormis au Roi. Ce prince, toujours occupé de l'infidélité de la Reine, était la proie d'une affreuse mélancolie qui ne le quitta point pendant tout le voyage.

Lorsqu'il fut près de la capitale des Indes, il vit venir au-devant de lui le sultan * Schahriar avec toute sa Cour. Quelle joie pour ces princes de se revoir! Ils mirent tous deux pied à terre pour

---

* Ce mot arabe signifie Empereur; on donne ce titre à presque tous les souverains de l'Orient.

s'embrasser; et après s'être donné mille
marques de tendresse, ils remontèrent à
cheval, et entrèrent dans la ville aux acclamations d'une foule innombrable de
peuple. Le Sultan conduisit le Roi son
frère jusqu'au palais qu'il lui avait fait
préparer. Ce palais communiquait au sien
par un même jardin : il était d'autant
plus magnifique, qu'il était consacré aux
fêtes et aux divertissemens de la Cour;
et on en avait encore augmenté la magnificence par de nouveaux ameublemens.

Schahriar quitta d'abord le roi de Tartarie, pour lui donner le temps d'entrer
au bain et de changer d'habit; mais dès
qu'il sut qu'il en était sorti, il vint le
retrouver. Ils s'assirent sur un sofa; et
comme les courtisans se tenaient éloignés
par respect, ces deux princes commencèrent à s'entretenir de tout ce que deux
frères, encore plus unis par l'amitié que
par le sang, ont à se dire après une longue
absence. L'heure du souper étant venue,
ils mangèrent ensemble; et après le repas, ils reprirent leur entretien, qui dura
jusqu'à ce que Schahriar, s'apercevant

que la nuit était fort avancée, se retira
pour laisser reposer son frère.

L'infortuné Schahzenan se coucha;
mais si la présence du Sultan son frère
avait été capable de suspendre pour quelque temps ses chagrins, ils se réveillè-
rent alors avec violence. Au lieu de goûter le repos dont il avait besoin, il ne fit
que rappeler dans sa mémoire les plus
cruelles réflexions. Toutes les circonstances de l'infidélité de la Reine se présen-
taient si vivement à son imagination, qu'il
en était hors de lui-même. Enfin, ne pouvant dormir, il se leva; et se livrant tout
entier à des pensées si affligeantes, il parut sur son visage une impression de tristesse que le Sultan ne manqua pas de remarquer. « Qu'a donc le roi de Tartarie?
disait-il; qui peut causer ce chagrin que
je lui vois? Aurait-il sujet de se plaindre
de la réception que je lui ai faite? Non:
je l'ai reçu comme un frère que j'aime,
et je n'ai rien là-dessus à me reprocher.
Peut-être se voit-il à regret éloigné de ses
Etats, ou de la Reine sa femme. Ah! si
c'est cela qui l'afflige, il faut que je lui

fasse incessamment les présens que je lui destine, afin qu'il puisse partir quand il lui plaira, pour s'en retourner à Samarcande. » Effectivement, dès le lendemain il lui envoya une partie de ces présens, qui étaient composés de tout ce que les Indes produisent de plus rare, de plus riche et de plus singulier. Il ne laissait pas néanmoins d'essayer de le divertir tous les jours par de nouveaux plaisirs ; mais les fêtes les plus agréables, au lieu de le réjouir, ne faisaient qu'irriter ses chagrins.

Un jour Schahriar ayant ordonné une grande chasse à deux journées de sa capitale, dans un pays où il y avait particulièrement beaucoup de cerfs, Schahzenan le pria de le dispenser de l'accompagner, en lui disant que l'état de sa santé ne lui permettait pas d'être de la partie. Le Sultan ne voulut pas le contraindre, le laissa en liberté, et partit avec toute sa Cour pour aller prendre ce divertissement. Après son départ, le roi de la Grande-Tartarie, se voyant seul, s'enferma dans son appartement. Il s'assit à une fenêtre qui avait vue sur le jardin.

Ce beau lieu et le ramage d'une infinité d'oiseaux qui y faisaient leur retraite, lui auraient donné du plaisir, s'il eût été capable d'en ressentir ; mais toujours dé-chiré par le souvenir funeste de l'action infâme de la Reine, il arrêtait moins souvent ses yeux sur le jardin, qu'il ne les levait au ciel pour se plaindre de son malheureux sort.

Néanmoins, quelque occupé qu'il fût de ses ennuis, il ne laissa pas d'apercevoir un objet qui attira toute son attention. Une porte secrète du palais du Sultan s'ouvrit tout-à-coup, et il en sortit vingt femmes, au milieu desquelles marchait la Sultane * d'un air qui la faisait aisément distinguer. Cette princesse, croyant que le roi de la Grande-Tartarie était aussi à la chasse, s'avança avec fermeté jusque sous les fenêtres de l'appartement de ce prince, qui, voulant par curiosité l'observer, se plaça de manière qu'il pouvait tout voir sans être vu. Il

---

* Le titre de Sultane se donne aux femmes des princes de l'Orient.

remarqua que les personnes qui accompagnaient la Sultane, pour bannir toute contrainte, se découvrirent le visage, qu'elles avaient eu couvert jusqu'alors, et quittèrent de longs habits qu'elles portaient par - dessus d'autres plus courts. Mais il fut dans un extrême étonnement de voir que dans cette compagnie, qui lui avait semblé toute composée de femmes, il y avait dix noirs qui prirent chacun leur maîtresse. La Sultane, de son côté, ne demeura pas long - temps sans amant; elle frappa des mains en criant : Masoud ! Masoud ! et aussitôt un autre noir descendit du haut d'un arbre, et courut à elle avec beaucoup d'empressement.

La pudeur ne me permet pas de raconter tout ce qui se passa entre ces femmes et ces noirs, et c'est un détail qu'il n'est pas besoin de faire. Il suffit de dire que Schahzenan en vit assez pour juger que son frère n'était pas moins à plaindre que lui. Les plaisirs de cette troupe amoureuse durèrent jusqu'à minuit. Ils se baignèrent tous ensemble dans une grande pièce d'eau qui faisait un des plus beaux ornemens du jardin; après quoi, ayant repris leurs habits, ils rentrèrent, par la porte secrète, dans le palais du Sultan, et Masoud, qui était venu de dehors par-dessus la muraille du jardin, s'en retourna par le même endroit.

Comme toutes ces choses s'étaient passées sous les yeux du roi de la Grande-Tartarie, elles lui donnèrent lieu de faire une infinité de réflexions. « Que j'avais peu de raison, disait-il, de croire que mon malheur était si singulier! C'est sans doute l'inévitable destinée de tous les maris, puisque le Sultan mon frère, le souverain de tant d'Etats, le plus grand prince du monde, n'a pu l'éviter. Cela étant, quelle faiblesse de me laisser consumer de chagrin! C'en est fait, le souvenir d'un malheur si commun ne troublera plus désormais le repos de ma vie. » En effet, dès ce moment il cessa de s'affliger; et comme il n'avait pas voulu souper qu'il n'eût vu toute la scène qui venait d'être jouée sous ses fenêtres, il fit servir alors, mangea de meilleur appétit qu'il n'avait fait depuis son départ de Sa-

marcande, et entendit même avec quelque plaisir un concert agréable de voix et
d'instrumens dont on accompagna le repas.

Les jours suivans il fut de très-bonne
humeur ; et lorsqu'il sut que le Sultan
était de retour, il alla au-devant de lui,
et lui fit son compliment d'un air enjoué.
Schahriar d'abord ne prit pas garde à ce
changement ; il ne songea qu'à se plaindre
obligeamment de ce que ce prince avait
refusé de l'accompagner à la chasse ; et
sans lui donner le temps de répondre à
ses reproches, il lui parla du grand nombre de cerfs et d'autres animaux qu'il
avait pris, et enfin du plaisir qu'il avait
eu. Schahzenan, après l'avoir écouté avec
attention, prit la parole à son tour.
Comme il n'avait plus de chagrin qui
l'empêchât de faire paraître combien il
avait d'esprit, il dit mille choses agréables et plaisantes.

Le Sultan, qui s'était attendu à le retrouver dans le même état où il l'avait
laissé, fut ravi de le voir si gai. « Mon
frère, lui dit-il, je rends grâces au Ciel
de l'heureux changement qu'il a produit

en vous pendant mon absence : j'en ai
une véritable joie ; mais j'ai une prière à
vous faire, et je vous conjure de m'accorder ce que je vais vous demander. »
« Que pourrais-je vous refuser, répondit
le roi de Tartarie ; vous pouvez tout sur
Schahzenan. Parlez ; je suis dans l'impatience de savoir ce que vous souhaitez de
moi. » « Depuis que vous êtes dans ma
Cour, reprit Schahriar, je vous ai vu
plongé dans une noire mélancolie que j'ai
vainement tenté de dissiper par toutes
sortes de divertissemens. Je me suis imaginé que votre chagrin venait de ce que
vous étiez éloigné de vos Etats ; j'ai cru
même que l'amour y avait beaucoup de
part, et que la reine de Samarcande, que
vous avez dû choisir d'une beauté ache-
vée, en était peut-être la cause. Je ne
sais si je me suis trompé dans ma conjec-
ture ; mais je vous avoue que c'est particulièrement pour cette raison que je n'ai
pas voulu vous importuner là-dessus, de
peur de vous déplaire. Cependant, sans
que que j'y aie contribué en aucune manière, je vous trouve à mon retour de la

meilleure humeur du monde, et l'esprit entièrement dégagé de cette noire vapeur qui en troublait tout l'enjouement. Dites-moi, de grâce, pourquoi vous étiez si triste, et pourquoi vous ne l'êtes plus? »

A ce discours, le roi de la Grande-Tartarie demeura quelque temps rêveur, comme s'il eût cherché ce qu'il avait à y répondre. Enfin il repartit dans ces termes. « Vous êtes mon Sultan et mon maître; mais dispensez-moi, je vous supplie, de vous donner la satisfaction que vous me demandez. » « Non, mon frère, répliqua le Sultan, il faut que vous me l'accordiez; je la souhaite, ne me la refusez pas. » Schahzenan ne put résister aux instances de Schahriar. « Hé bien, mon frère, lui dit-il, je vais vous satisfaire, puisque vous me le commandez. » Alors il lui raconta l'infidélité de la reine de Samarcande; et lorsqu'il eut achevé le récit : « Voilà, poursuivit-il, le sujet de ma tristesse; jugez si j'avais tort de m'y abandonner. » « O mon frère! s'écria le Sultan, d'un ton qui marquait combien il entrait dans le ressentiment du roi de

Tartarie, quelle horrible histoire venez-vous de me raconter! Avec quelle impatience je l'ai écoutée jusqu'au bout! Je vous loue d'avoir puni les traîtres qui vous ont fait un outrage si sensible. On ne saurait vous reprocher cette action : elle est juste; et pour moi j'avouerai qu'à votre place j'aurais eu peut-être moins de modération que vous. Je ne me serais pas contenté d'ôter la vie à une seule femme, je crois que j'en aurais sacrifié plus de mille à ma rage. Je ne suis pas étonné de vos chagrins; la cause en était trop vive et trop mortifiante pour n'y pas succomber. O ciel! quelle aventure! Non, je crois qu'il n'en est jamais arrivé de semblable à personne qu'à vous. Mais enfin il faut louer Dieu de ce qu'il vous a donné de la consolation; et comme je ne doute pas qu'elle ne soit bien fondée, ayez encore la complaisance de m'en instruire, et faites-moi la confidence entière.»

Schahzenan fit plus de difficulté sur ce point que sur le précédent, à cause de l'intérêt que son frère y avait; mais il fallut céder à ses nouvelles instances.

« Je vais donc vous obéir, lui dit - il, puisque vous le voulez absolument. Je crains que mon obéissance ne vous cause plus de chagrins que je n'en ai eus ; mais vous ne devez vous en prendre qu'à vous-même, puisque c'est vous qui me forcez à vous révéler une chose que je voudrais ensevelir dans un éternel oubli. » « Ce que vous me dites, interrompit Schah-riar, ne fait qu'irriter ma curiosité. Hâtez-vous de me découvrir ce secret, de quel-que nature qu'il puisse être. » Le roi de Tartarie, ne pouvant plus s'en défendre, fit alors le détail de tout ce qu'il avait vu du déguisement des noirs, de l'emporte-ment de la Sultane et de ses femmes, et il n'oublia pas Masoud. « Après avoir été témoin de ces infamies, continua-t-il, je pensai que toutes les femmes y étaient naturellement portées, et qu'elles ne pou-vaient résister à leur penchant. Prévenu de cette opinion, il me parut que c'était une grande faiblesse à un homme d'atta-cher son repos à leur fidélité. Cette ré-flexion m'en fit faire beaucoup d'autres ; et enfin je jugeai que je ne pouvais prendre un meilleur parti que de me consoler. Il m'en a coûté quelques efforts; mais j'en suis venu à bout; et, si vous m'en croyez, vous suivrez mon exemple. »

Quoique ce conseil fût judicieux, le Sultan ne put le goûter. Il entra même en fureur. « Quoi! dit-il, la sultane des Indes est capable de se prostituer d'une manière si indigne! Non, mon frère, ajouta-t-il, je ne puis croire ce que vous me dites, si je ne le vois de mes propres yeux. Il faut que les vôtres vous aient trompé; la chose est assez importante pour mériter que j'en sois assuré par moi-même. » « Mon frère, répondit Schahzenan, si vous voulez en être témoin, cela n'est pas fort difficile : vous n'avez qu'à faire une nouvelle partie de chasse; quand nous serons hors de la ville avec votre Cour et la mienne, nous nous arrêterons sous nos pavillons, et la nuit nous reviendrons tous deux seuls dans mon apparte-tement. Je suis assuré que le lendemain vous verrez ce que j'ai vu. » Le Sultan approuva le stratagême, et ordonna aussitôt une nouvelle chasse; de sorte que, dès le même jour les pavillons furent dressés au lieu désigné.

Le jour suivant, les deux princes partirent avec toute leur suite. Ils arrivèrent où ils devaient camper, et ils y demeurèrent jusqu'à la nuit. Alors Schahriar appela son grand-visir ; et, sans lui découvrir son dessein, lui commanda de tenir sa place pendant son absence, et de ne pas permettre que personne sortît du camp, pour quelque sujet que ce pût être. D'abord qu'il eut donné cet ordre, le roi de la Grande-Tartarie et lui montèrent à cheval, passèrent incognito au travers du camp, rentrèrent dans la ville, et se rendirent au palais qu'occupait Schahzenan. Ils se couchèrent ; et le lendemain de bon matin, ils s'allèrent placer à la même fenêtre d'où le roi de Tartarie avait vu la scène des noirs. Ils jouirent quelque temps de la fraîcheur, car le soleil n'était pas encore levé ; et, en s'entretenant, ils jetaient souvent les yeux du côté de la porte secrète. Elle s'ouvrit enfin ; et, pour dire le reste en peu de mots, la Sultane parut avec ses femmes et

les dix noirs déguisés. Elle appela Masoud,
et le Sultan en vit plus qu'il n'en fallait
pour être pleinement convaincu de sa honte
et de son malheur. « O Dieu! s'écria-t-il,
quelle indignité! quelle horreur! L'épouse
d'un souverain tel que moi peut-elle être
capable de cette infamie? Après cela, quel
prince osera se vanter d'être parfaitement
heureux? Ah! mon frère, poursuivit-il en
embrassant le roi de Tartarie, renonçons
tous deux au monde; la bonne foi en est
bannie : s'il flatte d'un côté, il trahit de
l'autre. Abandonnons nos Etats et tout
l'éclat qui nous environne. Allons dans
des royaumes étrangers traîner une vie
obscure et cacher notre infortune. » Schahzenan n'approuvait pas cette résolution ;
mais il n'osa la combattre, dans l'empor-
tement où il voyait Schahriar. « Mon frère,
lui dit-il, je n'ai pas d'autre volonté que
la vôtre; je suis prêt à vous suivre partout où il vous plaira; mais promettez-
moi que nous reviendrons, si nous pouvons
rencontrer quelqu'un qui soit plus malheureux que nous. » « Je vous le promets,
répondit le Sultan; mais je doute fort

que nous trouvions personne qui le puisse être. » « Je ne suis pas de votre sentiment là-dessus, répliqua le roi de Tartarie; peut-être même ne voyagerons-nous pas long-temps. » En disant cela, ils sortirent secrètement du palais, et prirent un autre chemin que celui par où ils étaient venus. Ils marchèrent tant qu'ils eurent du jour assez pour se conduire, et passèrent la première nuit sous des arbres. S'étant levés dès le point du jour, ils continuèrent leur marche jusqu'à ce qu'ils arrivèrent à une belle prairie sur le bord de la mer, où il y avait, d'espace en espace, de grands arbres fort touffus. Ils s'assirent sous un de ces arbres pour se délasser et y prendre le frais. L'infidélité des princesses leurs femmes fit le sujet de leur conversation.

Il n'y avait pas long-temps qu'ils s'entretenaient, lorsqu'ils entendirent assez près d'eux un bruit horrible du côté de la mer, et un cri effroyable qui les remplit de crainte. Alors la mer s'ouvrit, et il s'en éleva comme une grosse colonne noire qui semblait s'aller perdre dans les nues. Cet objet redoubla leur frayeur;

ils se levèrent promptement, et montèrent
au haut de l'arbre qui leur parut le plus
propre à les cacher. Ils y furent à peine
montés, que regardant vers l'endroit d'où
le bruit partait et où la mer s'était entr'ouverte, ils remarquèrent que la colonne
noire s'avançait vers le rivage en fendant
l'eau : ils ne purent, dans le moment,
démêler ce que ce pouvait être ; mais ils
en furent bientôt éclaircis.

C'était un de ces Génies qui sont malins,
malfaisans, et ennemis mortels des hommes. Il était noir et hideux, avait la forme
d'un géant d'une hauteur prodigieuse, et
portait sur sa tête une grande caisse de
verre, fermée à quatre serrures d'acier
fin. Il entra dans la prairie avec cette
charge, qu'il vint poser justement au pied
de l'arbre où étaient les deux princes,
qui, connaissant l'extrême péril où ils se
trouvaient, se crurent perdus.

Cependant, le Génie s'assit auprès de la
caisse ; et l'ayant ouverte avec quatre clefs
qui étaient attachées à sa ceinture, il en
sortit aussitôt une dame très-richement
habillée, d'une taille majestueuse et d'une

beauté parfaite. Le monstre la fit asseoir
à ses côtés ; et la regardant amoureuse-
ment : « Dame, dit-il, la plus accomplie
de toutes les dames qui sont admirées pour
leur beauté, charmante personne, vous
que j'ai enlevée le jour de vos noces, et
que j'ai toujours aimée depuis si constamment, vous voudrez bien que je dorme
quelques momens près de vous ; le sommeil dont je me sens accablé m'a fait
venir en cet endroit pour prendre un peu
de repos. » En disant cela, il laissa tomber
sa grosse tête sur les genoux de la dame ;
ensuite, ayant alongé ses pieds qui s'éten-
daient jusqu'à la mer, il ne tarda pas à
s'endormir, et il ronfla bientôt de manière
qu'il fit retentir le rivage.

La dame alors leva la vue par hasard, et
apercevant les princes au haut de l'arbre,
elle leur fit signe de la main de descendre
sans faire de bruit. Leur frayeur fut extrême quand ils se virent découverts. Ils
supplièrent la dame, par d'autres signes,
de les dispenser de lui obéir ; mais elle
après avoir ôté doucement de dessus ses
genoux la tête du Génie, et l'avoir posée

légèrement à terre, se leva, et leur dit d'un ton de voix bas, mais animé : « Descendez, il faut absolument que vous veniez à moi. » Ils voulurent vainement lui faire comprendre encore par leurs gestes qu'ils craignaient le Génie. « Descendez donc, leur répliqua-t-elle sur le même ton ; si vous ne vous hâtez de m'obéir, je vais l'éveiller, et je lui demanderai moi-même votre mort. »

Ces paroles intimidèrent tellement les princes, qu'ils commencèrent à descendre avec toutes les précautions possibles pour ne pas éveiller le Génie. Lorsqu'ils furent en bas, la dame les prit par la main ; et s'étant un peu éloignée avec eux sous les arbres, elle leur fit librement une proposition très-vive : ils la rejetèrent d'abord ; mais elle les obligea, par de nouvelles menaces, à l'accepter. Après qu'elle eut obtenu d'eux ce qu'elle souhaitait, ayant remarqué qu'ils avaient chacun une bague au doigt, elle les leur demanda. Sitôt qu'elle les eut entre les mains, elle alla prendre une boîte du paquet où était sa toilette ; elle en tira un fil garni d'autres bagues de toutes sortes de façons, et le leur montrant : « Savez-vous bien, dit-elle, ce que signifient ces joyaux ? » « Non, répondirent-ils ; mais il ne tiendra qu'à vous de nous l'apprendre. » « Ce sont, reprit-elle, les bagues de tous les hommes à qui j'ai fait part de mes faveurs. Il y en a quatre-vingt-dix-huit bien comptées que je garde pour me souvenir d'eux. Je vous ai demandé les vôtres pour la même raison, et afin d'avoir la centaine accomplie. Voilà donc continua-t-elle, cent amans que j'ai eus jusqu'à ce jour, malgré la vigilance et les précautions de ce vilain Génie qui ne me quitte pas. Il a beau m'enfermer dans cette caisse de verre, et me tenir cachée au fond de la mer, je ne laisse pas de tromper ses soins. Vous voyez par-là que quand une femme a formé un projet, il n'y a point de mari ni d'amant qui puisse en empêcher l'exécution. Les hommes feraient mieux de ne pas contraindre les femmes; ce serait le moyen de les rendre sages. » La dame leur ayant parlé de la sorte, passa leurs bagues dans le même fil où étaient enfilées les autres. Elle s'assit ensuite comme auparavant, souleva la tête du Génie, qui ne se réveilla point ; la remit sur ses genoux, et fit signe aux princes de se retirer.

Ils reprirent le chemin par où ils étaient venus ; et lorsqu'ils eurent perdu de vue la dame et le Génie, Schahriar dit à Schahzenan : « Hé bien ! mon frère, que pensez-vous de l'aventure qui vient de nous arriver ? Le Génie n'a-t-il pas une maîtresse bien fidèle ? et ne convenez-vous pas que rien n'est égal à la malice des femmes ? » « Oui, mon frère, répondit le roi de la Grande-Tartarie. Et vous devez aussi demeurer d'accord que le Génie est plus à plaindre et plus malheureux que nous. C'est pourquoi, puisque nous avons trouvé ce que nous cherchions, retournons dans nos Etats, et que cela ne nous empêche pas de nous marier. Pour moi, je sais par quel moyen je prétends que la foi qui m'est due me soit inviolablement conservée. Je ne veux pas m'expliquer présentement là-dessus; mais vous en apprendrez un jour des nouvelles, et je suis sûr que vous suivrez mon exemple. » Le Sultan fut de l'avis de son frère; et conti-

nuant tous deux de marcher, ils arrivèrent
au camp sur la fin de la nuit du troisième
jour qu'ils en étaient partis.

La nouvelle du retour du Sultan s'y
étant répandue, les courtisans se rendirent
de grand matin devant son pavillon. Il les
fit entrer, les reçut d'un air plus riant
qu'à l'ordinaire, et leur fit à tous des gra-
tifications. Après quoi, leur ayant déclaré
qu'il ne voulait pas aller plus loin, il leur
commanda de monter à cheval, et il retourna bientôt à son palais.

À peine fut-il arrivé, qu'il courut à l'appartement de la Sultane. Il la fit lier devant
lui, et la livra à son grand-visir, avec
ordre de la faire étrangler; ce que ce ministre exécuta, sans s'informer quel crime
elle avait commis. Le prince, irrité, n'en
demeura pas là; il coupa la tête de sa
propre main à toutes les femmes de la Sultane. Après ce rigoureux châtiment, persuadé qu'il n'y avait pas une femme sage,
pour prévenir les infidélités de celles qu'il
prendrait à l'avenir, il résolut d'en épou-
ser une chaque nuit, et de la faire étrangler le lendemain. Après s'être imposé

cette loi cruelle, il jura qu'il l'observerait
immédiatement après le départ du roi de
Tartarie, qui prit bientôt congé de lui,
et se mit en chemin, chargé de présens
magnifiques.

Schahzenan étant parti, Schahriar ne
manqua pas d'ordonner à son grand-visir
de lui amener la fille d'un de ses généraux
d'armée. Le visir obéit. Le Sultan coucha
avec elle, et le lendemain, en la lui remettant entre les mains pour la faire mourir, il lui commanda de lui en chercher
une autre pour la nuit suivante. Quelque
répugnance qu'eût le visir à exécuter de
semblables ordres, comme il devait au
Sultan son maître une obéissance aveu-
gle, il était obligé de s'y soumettre. Il lui
mena donc la fille d'un officier subalterne,
qu'on fit aussi mourir le lendemain. Après
celle-là, ce fut la fille d'un bourgeois de
la capitale; et enfin chaque jour c'était
une fille mariée, et une femme morte.

Le bruit de cette inhumanité sans
exemple causa une consternation générale
dans la ville. On n'y entendait que des
cris et des lamentations. Ici c'était un

père en pleurs qui se désespérait de la perte de sa fille ; et là c'étaient de tendres mères, qui, craignant pour les leurs la même destinée, faisaient par avance retentir l'air de leurs gémissemens. Ainsi, au lieu des louanges et des bénédictions que le Sultan s'étaient attirées jusqu'alors, tous ses sujets ne faisaient plus que des imprécations contre lui.

Le grand-visir, qui, comme on l'a déjà dit, était malgré lui le ministre d'une si horrible injustice, avait deux filles, dont l'aînée s'appelait Scheherazade, et la cadette Dinarzade. Cette dernière ne manquait pas de mérite ; mais l'autre avait un courage au-dessus de son sexe, de l'esprit infiniment, avec une pénétration admirable. Elle avait beaucoup de lecture, et une mémoire si prodigieuse, que rien ne lui était échappé de tout ce qu'elle avait lu. Elle s'était heureusement appliquée à la philosophie, à la médecine, à l'histoire et aux arts ; et elle faisait des vers mieux que les poëtes les plus célèbres de son temps. Outre cela, elle était pourvue d'une beauté extraordinaire, et une vertu très-solide couronnait toutes ses belles qualités.

Le visir aimait passionnément une fille si digne de sa tendresse. Un jour qu'ils s'entretenaient tous deux ensemble, elle lui dit : « Mon père, j'ai une grâce à vous demander ; je vous supplie très-humblement de me l'accorder. » « Je ne vous la refuserai pas, répondit-il, pourvu qu'elle soit juste et raisonnable. » « Pour juste, répliqua Scheherazade, elle ne peut l'être davantage, et vous en pouvez juger par le motif qui m'oblige à vous la demander. J'ai dessein d'arrêter le cours de cette barbarie que le Sultan exerce sur les familles de cette ville. Je veux dissiper la juste crainte que tant de mères ont de perdre leurs filles d'une manière si funeste. » « Votre intention est fort louable, ma fille, dit le visir ; mais le mal auquel vous voulez remédier me paraît sans remède. Comment prétendez-vous en venir à bout ? » « Mon père, repartit Scheherazade, puisque, par votre entremise, le Sultan célèbre chaque jour un nouveau mariage, je vous conjure, par la tendre

affection que vous avez pour moi, de me
procurer l'honneur de sa couche. » Le
visir ne put entendre ce discours sans horreur. « O Dieu! interrompit-il avec transport, avez-vous perdu l'esprit, ma fille ?
Pouvez-vous me faire une prière si dangereuse ? Vous savez que le Sultan a fait
serment sur son ame de ne coucher qu'une
seule nuit avec la même femme, et de lui
faire ôter la vie le lendemain ; et vous
voulez que je lui propose de vous épou-
ser ? Songez-vous bien à quoi vous expose
votre zèle indiscret ? » « Oui, mon père,
répondit cette vertueuse fille ; je connais
tout le danger que je cours, et il ne saurait m'épouvanter. Si je péris, ma mort
sera glorieuse ; et si je réussis dans mon
entreprise, je rendrai à ma patrie un service important. » « Non, non, dit le visir,
quoique vous puissiez me représenter pour
m'intéresser à vous permettre de vous jeter dans cet affreux péril, ne vous ima-
ginez pas que j'y consente. Quand le Sultan m'ordonnera de vous enfoncer le poi-
gnard dans le sein, hélas ! il faudra bien
que je lui obéisse. Quel triste emploi pour

un père ! Ah ! si vous ne craignez point la
mort, craignez du moins de me causer la
douleur mortelle de voir ma main teinte
de votre sang. » « Encore une fois, mon
père, dit Scheherazade, accordez-moi la
grâce que je vous demande. » « Votre opiniâtreté, repartit le visir, excite ma colère.
Pourquoi vouloir vous - même courir à
votre perte ? Qui ne prévoit pas la fin
d'une entreprise dangereuse, n'en saurait
sortir heureusement. Je crains qu'il ne
vous arrive ce qui arriva à l'âne, qui était
bien, et qui ne put s'y tenir. » « Quel malheur arriva-t-il à cet âne ? reprit Scheher-
razade. » « Je vais vous le dire, répondit
le visir ; écoutez-moi. »

FABLE.

L'ANE, LE BOEUF ET LE LABOUREUR.

Un marchand très-riche avait plusieurs
maisons à la campagne, où il faisait nourrir une grande quantité de toute sorte de
bétail. Il se retira avec sa femme et ses

enfans à une de ses terres, pour la faire
valoir par lui-même. Il avait le don d'entendre le langage des bêtes; mais avec
cette condition, qu'il ne pouvait l'inter-
préter à personne, sans s'exposer à perdre
la vie; ce qui l'empêchait de communiquer les choses qu'il avait apprises par le
moyen de ce don.

Il y avait à une même auge un bœuf
et un âne. Un jour qu'il était assis près
d'eux, et qu'il se divertissait à voir jouer
devant lui ses enfans, il entendit que le
bœuf disait à l'âne : « L'Eveillé, que je
te trouve heureux, quand je considère le
repos dont tu jouis, et le peu de travail
qu'on exige de toi! Un homme te panse
avec soin, te lave, te donne de l'orge
bien criblé, et de l'eau fraîche et nette.
Ta plus grande peine est de porter le
marchand, notre maître, lorsqu'il a quelque petit voyage à faire : sans cela, toute
ta vie se passerait dans l'oisiveté. La manière dont on me traite est bien différente, et ma condition est aussi malheureuse que la tienne est agréable. Il est à
peine minuit qu'on m'attache à une char-

rue que l'on me fait traîner tout le long
du jour en fendant la terre ; ce qui me
fatigue à un point, que les forces me
manquent quelquefois. D'ailleurs, le laboureur, qui est toujours derrière moi,
ne cesse de me frapper. A force de tirer
la charrue, j'ai le cou tout écorché. Enfin,
après avoir travaillé depuis le matin jusqu'au soir, quand je suis de retour, on me
donne à manger de méchantes fèves sè-
ches, dont on ne s'est pas mis en peine
d'ôter la terre, ou d'autres choses qui ne
valent pas mieux. Pour comble de misère, lorsque je me suis repu d'un mets
si peu appétissant, je suis obligé de passer
la nuit couché dans mon ordure. Tu vois
donc que j'ai raison d'envier ton sort.

L'âne n'interrompit pas le bœuf ; il
lui laissa dire tout ce qu'il voulut ; mais
quand il eut achevé de parler : « Vous
ne démentez pas, lui dit-il, le nom d'i-
diot qu'on vous a donné ; vous êtes trop
simple, vous vous laissez mener comme
l'on veut, et vous ne pouvez prendre une
bonne résolution. Cependant, quel avantage vous revient-il de toutes les indi-

gnités que vous souffrez ? Vous vous tuez vous-même pour le repos, le plaisir et le profit de ceux qui ne vous en savent point de gré. On ne vous traiterait pas de la sorte, si vous aviez autant de courage que de force. Lorsqu'on vient vous attacher à l'auge, que ne faites-vous résistance ? Que ne donnez-vous de bons coups de cornes ? Que ne marquez-vous votre colère en frappant du pied contre terre ? Pourquoi enfin n'inspirez-vous pas la terreur par des beuglemens effroyables ? La nature vous a donné les moyens de vous faire respecter, et vous ne vous en servez pas. On vous apporte de mauvaises fèves et de mauvaise paille : n'en mangez point ; flairez-les seulement, et les laissez. Si vous suivez les conseils que je vous donne, vous verrez bientôt un changement dont vous me remercîrez.

Le bœuf prit en fort bonne part les avis de l'âne ; il lui témoigna combien il lui était obligé. « Cher l'Eveillé, ajouta-t-il, je ne manquerai pas de faire tout ce que tu m'as dit, et tu verras de quelle manière je m'en acquitterai. » Ils se turent après cet entretien, dont le marchand ne perdit pas une parole.

Le lendemain de bon matin, le laboureur vint prendre le bœuf; il l'attacha à la charrue, et le mena au travail ordinaire. Le bœuf, qui n'avait pas oublié le conseil de l'âne, fit fort le méchant ce jour-là; et le soir, lorsque le laboureur, l'ayant ramené à l'auge, voulut l'attacher comme de coutume, le malicieux animal, au lieu de présenter ses cornes de lui-même, se mit à faire le rétif, et à reculer en beuglant; il baissa même ses cornes, comme pour en frapper le laboureur; il fit enfin tout le manége que l'âne lui avait enseigné. Le jour suivant, le laboureur vint le reprendre pour le ramener au labourage; mais trouvant l'auge encore remplie des fèves et de la paille qu'il y avait mises le soir, et le bœuf couché par terre, les pieds étendus, et haletant d'une étrange façon, il le crut malade; il en eut pitié; et jugeant qu'il serait inutile de le mener au travail, il alla aussitôt en avertir le marchand.

Le marchand vit bien que les mauvais conseils de l'Eveillé avaient été suivis ; et pour le punir comme il le méritait : « Va, dit-il au laboureur ; prends l'âne à la place du bœuf, et ne manque pas de lui donner bien de l'exercice. » Le laboureur obéit. L'âne fut obligé de tirer la charrue tout ce jour-là ; ce qui le fatigua d'autant plus, qu'il était moins accoutumé à ce travail : outre cela, il reçut tant de coups de bâton, qu'il ne pouvait se soutenir quand il fut de retour.

Cependant le bœuf était très-content : il avait mangé tout ce qu'il y avait dans son auge, et s'était reposé toute la journée ; il se réjouissait en lui-même d'avoir suivi les conseils de l'Eveillé ; il lui donnait mille bénédictions pour le bien qu'il lui avait procuré, et il ne manqua pas de lui en faire un nouveau compliment lorsqu'il le vit arriver. L'âne ne répondit rien au bœuf, tant il avait de dépit d'avoir été si maltraité. « C'est par mon imprudence, se disait-il à lui-même, que je me suis attiré ce malheur ; je vivais

heureux ; tout me riait ; j'avais tout ce
que je pouvais souhaiter ; c'est ma faute
si je suis dans ce déplorable état ; et si
je ne trouve quelque ruse en mon esprit
pour m'en tirer, ma perte est certaine. »
En disant cela, ses forces se trouvèrent
tellement épuisées, qu'il se laissa tomber
à demi-mort au pied de son auge.

En cet endroit le grand-visir s'adressant
à Scheherazade, lui dit : « Ma fille, vous
faites comme cet âne, vous vous exposez
à vous perdre par votre fausse prudence.
Croyez-moi, demeurez en repos, et ne
cherchez point à prévenir votre mort. »
« Mon père, répondit Scheherazade,
l'exemple que vous venez de rapporter
n'est pas capable de me faire changer de
résolution, et je ne cesserai point de vous
importuner, que je n'aie obtenu de vous
que vous me présenterez au Sultan pour
être son épouse. » Le visir, voyant qu'elle
persistait toujours dans sa demande, lui
répliqua : « Hé bien! puisque vous ne
voulez pas quitter votre obstination, je
serai obligé de vous traiter de la même
manière que le marchand dont je viens

de parler traita sa femme peu de temps après ; et voici comment :

Ce marchand ayant appris que l'âne était dans un état pitoyable, fut curieux de savoir ce qui se passerait entre lui et le bœuf. C'est pourquoi, après le souper, il sortit au clair de la lune, et alla s'asseoir auprès d'eux, accompagné de sa femme. En arrivant, il entendit l'âne qui disait au bœuf : « Compère, dites-moi, je vous prie, ce que vous prétendez faire quand le laboureur vous apportera demain à manger ? » « Ce que je ferai, répondit le bœuf, je continuerai de faire ce que tu m'as enseigné. Je m'éloignerai d'abord ; je présenterai mes cornes comme hier ; je ferai le malade, et feindrai d'être aux abois. » « Gardez-vous-en bien, interrompit l'âne, ce serait le moyen de vous perdre ; car en arrivant ce soir, j'ai ouï dire au marchand, notre maître, une chose qui m'a fait trembler pour vous. » « Hé ! qu'avez-vous entendu ? dit le bœuf ; ne me cachez rien, de grâce, mon cher l'Eveillé. » « Notre maître, reprit l'âne, a dit au laboureur ces tristes

paroles : « Puisque le bœuf ne mange pas,
« et qu'il ne peut se soutenir, je veux
« qu'il soit tué dès demain. Nous ferons,
« pour l'amour de Dieu, une aumône
« de sa chair aux pauvres ; et quant à
« sa peau, qui pourra nous être utile,
« tu la donneras au corroyeur ; ne man-
« que donc pas de faire venir le bou-
« cher. » « Voilà ce que j'avais à vous
apprendre, ajouta l'âne ; l'intérêt que je
prends à votre conservation, et l'amitié
que j'ai pour vous, m'obligent à vous en
avertir, et à vous donner un nouveau conseil. D'abord qu'on vous apportera vos
fèves et votre paille, levez-vous, et vous
jetez dessus avec avidité : le maître jugera
par-là que vous êtes guéri, et révoquera
sans doute l'arrêt de mort : au lieu que
si vous en usez autrement, c'est fait de
vous. »

Ce discours produisit l'effet qu'en avait
attendu l'âne. Le bœuf en fut étrangement troublé et en beugla d'effroi. Le
marchand, qui les avait écoutés tous deux
avec beaucoup d'attention, fit alors un si
grand éclat de rire, que sa femme en fut

très-surprise. « Apprenez-moi, lui dit-elle, pourquoi vous riez si fort, afin que j'en rie avec vous. » « Ma femme, lui répondit le marchand, contentez-vous de m'entendre rire. » « Non, reprit-elle, j'en veux savoir le sujet. » « Je ne puis vous donner cette satisfaction, repartit le mari; sachez seulement que je ris de ce que notre âne vient de dire à notre bœuf; le reste est un secret qu'il ne m'est pas permis de vous révéler. » « Et qui vous empêche de me découvrir ce secret? répliqua-t-elle. » « Si je vous le disais, répondit-il, apprenez qu'il m'en coûterait la vie. » « Vous vous moquez de moi, s'écria la femme; ce que vous me dites ne peut pas être vrai. Si vous ne m'avouez tout-à-l'heure pourquoi vous avez ri, si vous refusez de m'instruire de ce que l'âne et le bœuf ont dit, je jure par le grand Dieu qui est au Ciel, que nous ne vivrons pas davantage ensemble.

En achevant ces mots, elle rentra dans la maison, et se mit dans un coin, où elle passa la nuit à pleurer de toute sa force. Le mari coucha seul; et le lendemain, voyant qu'elle ne discontinuait pas de se lamenter : « Vous n'êtes pas sage, lui dit-il, de vous affliger de la sorte ; la chose n'en vaut pas la peine ; et il vous est aussi peu important de la savoir, qu'il m'importe beaucoup à moi de la tenir secrète : n'y pensez donc plus, je vous en conjure. » « J'y pense si bien encore, répondit la femme, que je ne cesserai pas de pleurer, que vous n'ayez satisfait ma curiosité. » « Mais je vous dis fort sérieusement, répliqua-t-il, qu'il m'en coûtera la vie, si je cède à vos indiscrètes instances. » « Qu'il en arrive tout ce qu'il plaira à Dieu, repartit-elle, je n'en démordrai pas. » « Je vois bien, reprit le marchand, qu'il n'y a pas moyen de vous faire entendre raison ; et comme je prévois que vous vous ferez mourir vous-même par votre opiniâtreté, je vais appeler vos enfans, afin qu'ils aient la consolation de vous voir avant que vous mouriez. » Il fit venir ses enfans, et envoya chercher aussi le père, la mère et les parens de la femme. Lorsqu'ils furent assemblés, et qu'il leur eut expliqué de quoi il était question , ils employèrent leur éloquence à faire comprendre à la femme qu'elle avait tort de ne vouloir pas revenir de son entêtement; mais elle les rebuta tous, et dit qu'elle mourrait plutôt que de céder en cela à son mari. Le père et la mère eurent beau lui parler en particulier, et lui représenter que la chose qu'elle souhaitait d'apprendre ne lui était d'aucune importance, ils ne gagnèrent rien sur son esprit, ni par leur autorité, ni par leurs discours. Quand ses enfans virent qu'elle s'obstinait à rejeter toujours les bonnes raisons dont on combattait son opiniâtreté, ils se mirent à pleurer amèrement. Le marchand lui-même ne savait plus où il en était. Assis seul auprès de la porte de sa maison, il délibérait déjà s'il sacrifierait sa vie pour sauver celle de sa femme, qu'il aimait beaucoup.

Or, ma fille, continua le visir, en parlant toujours à Scheherazade, ce marchand avait cinquante poules et un coq avec un chien qui faisait bonne garde. Pendant qu'il était assis, comme je l'ai

dit, et qu'il rêvait profondément au parti
qu'il devait prendre, il vit le chien courir
vers le coq qui s'était jeté sur une poule,
et il entendit qu'il lui parla dans ces termes : « O coq! Dieu ne permettra pas
« que tu vives encore long-temps! N'as-
« tu pas honte de faire aujourd'hui ce
« que tu fais ? » Le coq monta sur ses
ergots, et se tournant du côté du chien :
« Pourquoi, répondit-il fièrement, cela
« me serait-il défendu aujourd'hui plutôt
« que les autres jours ? » « Puisque tu
« l'ignores, répliqua le chien, apprends
« que notre maître est aujourd'hui dans
« un grand deuil. Sa femme veut qu'il
« lui révèle un secret qui est de telle na-
« ture, qu'il perdra la vie s'il le lui dé-
« couvre. Les choses sont en cet état;
« et il est à craindre qu'il n'ait pas assez
« de fermeté pour résister à l'obstination
« de sa femme; car il l'aime, et il est
« touché des larmes qu'elle répand sans
« cesse. Il va peut-être périr; nous en
« sommes tous alarmés dans ce logis. Toi
« seul, insultant à notre tristesse, tu as

« l'imprudence de te divertir avec tes
« poules. »

Le coq repartit de cette sorte à la réprimande du chien : « Que notre maître
« est insensé ! Il n'a qu'une femme, et il
« n'en peut venir à bout, pendant que j'en
« ai cinquante qui ne font que ce que je
« veux. Qu'il rappelle sa raison, il trou-
« vera bientôt moyen de sortir de l'em-
« barras où il est. » « Hé ! que veux-tu
« qu'il fasse ? dit le chien. » « Qu'il entre
« dans la chambre où est sa femme, ré-
« pondit le coq, et qu'après s'être enfermé
« avec elle, il prenne un bon bâton, et
« lui en donne mille coups ; je mets en
« fait qu'elle sera sage après cela, et
« qu'elle ne le pressera plus de lui dire
« ce qu'il ne doit pas lui révéler. » Le marchand n'eut pas sitôt entendu ce que le
coq venait de dire, qu'il se leva de sa
place, prit un gros bâton, alla trouver sa
femme qui pleurait encore, s'enferma
avec elle, et la battit si bien, qu'elle ne
put s'empêcher de crier : « C'est assez,
« mon mari, c'est assez, laissez-moi ; je
« ne vous demanderai plus rien. » A ces

paroles, et voyant qu'elle se repentait d'avoir été curieuse si mal à propos, il cessa de la maltraiter; il ouvrit la porte, toute la parenté entra, se réjouit de trouver la femme revenue de son entêtement, et fit compliment au mari sur l'heureux expédient dont il s'était servi pour la mettre à la raison. « Ma fille, ajouta le grand-visir, vous mériteriez d'être traitée de la même manière que la femme de ce marchand. »

« Mon père, dit alors Scheherazade, de grâce, ne trouvez point mauvais que je persiste dans mes sentimens. L'histoire de cette femme ne saurait m'ébranler. Je pourrais vous en raconter beaucoup d'autres qui vous persuaderaient que vous ne devez pas vous opposer à mon dessein. D'ailleurs, pardonnez-moi si j'ose vous le déclarer, vous vous y opposeriez vainement : quand la tendresse paternelle refuserait de souscrire à la prière que je vous fais, j'irais me présenter moi-même au Sultan. »

Enfin, le père, poussé à bout par la fermeté de sa fille, se rendit à ses impor-

tunités ; et quoique fort affligé de n'avoir
pu la détourner d'une si funeste résolution, il alla dès ce moment trouver Schahriar, pour lui annoncer que la nuit prochaine il lui mènerait Scheherazade.

Le Sultan fut fort étonné du sacrifice
que son grand-visir lui faisait. « Comment avez-vous pu, lui dit-il, vous résoudre à me livrer votre propre fille ? »
« Sire, lui répondit le visir, elle s'est of-
ferte d'elle - même. La triste destinée qui
l'attend n'a pu l'épouvanter, et elle pré-
fère à sa vie l'honneur d'être une seule
nuit l'épouse de votre majesté. »

« Mais ne vous trompez pas, Visir, reprit le Sultan : demain, en vous remettant
Scheherazade entre vos mains, je prétends
que vous lui ôtiez la vie. Si vous y man-
quez, je vous jure que je vous ferai mourir vous-même. » « Sire, repartit le visir,
mon cœur gémira, sans doute, en vous
obéissant ; mais la nature aura beau mur-
murer, quoique père, je vous réponds
d'un bras fidèle. » Schahriar accepta l'offre
de son ministre, et lui dit qu'il n'avait qu'à
lui amener sa fille quand il lui plairait.

Le grand-visir alla porter cette nouvelle à Scheherazade, qui la reçut avec autant de joie que si elle eût été la plus agréable du monde. Elle remercia son père de l'avoir si sensiblement obligée, et voyant qu'il était accablé de douleur, elle lui dit, pour le consoler, qu'elle espérait qu'il ne se repentirait pas de l'avoir mariée avec le Sultan, et qu'au contraire il aurait sujet de s'en réjouir le reste de sa vie.

Elle ne songea plus qu'à se mettre en état de paraître devant le Sultan ; mais avant que de partir, elle prit sa sœur Dinarzade en particulier, et lui dit : « Ma chère sœur, j'ai besoin de votre secours dans une affaire très-importante ; je vous prie de ne me le pas refuser. Mon père va me conduire chez le Sultan pour être son épouse. Que cette nouvelle ne vous épouvante pas ; écoutez-moi seulement avec patience. Dès que je serai devant le Sultan, je le supplierai de permettre que vous couchiez dans la chambre nuptiale, afin que je jouisse cette nuit encore de votre compagnie. Si j'obtiens cette grâce,

comme je l'espère, souvenez-vous de m'é-
veiller demain matin une heure avant le
jour, et de m'adresser ces paroles : « Ma
« sœur, si vous ne dormez pas, je vous
« supplie, en attendant le jour qui paraî-
« tra bientôt, de me raconter un de ces
« beaux contes que vous savez. » Aussitôt je vous en conterai un, et je me flatte
de délivrer par ce moyen tout le peuple
de la consternation où il est. Dinarzade
répondit à sa sœur qu'elle ferait avec
plaisir ce qu'elle exigeait d'elle.

L'heure de se coucher étant enfin venue, le grand-visir conduisit Scheherazade au palais, et se retira après l'avoir
introduite dans l'appartement du Sulan.
Ce Prince ne se vit pas plutôt avec elle,
qu'il lui ordonna de se découvrir le visage. Il la trouva si belle, qu'il en fut
charmé; mais s'apercevant qu'elle était
en pleurs, il lui en demanda le sujet.
« Sire, répondit Scheherazade, j'ai une
sœur que j'aime aussi tendrement que j'en
suis aimée ; je souhaiterais qu'elle passât
la nuit dans cette chambre, pour la voir
et lui dire adieu encore une fois. Voulez-

vous bien que j'aie la consolation de lui donner ce dernier témoignage de mon amitié? Schahriar y ayant consenti, on alla chercher Dinarzade, qui vint en diligence. Le Sultan se coucha avec Scheherazade sur une estrade fort élevée, à la manière des monarques de l'Orient, et Dinarzade, dans un lit qu'on lui avait préparé au bas de l'estrade.

Une heure avant le jour, Dinarzade, s'étant réveillée, ne manqua pas de faire ce que sa sœur lui avait recommandé. « Ma chère sœur, s'écria-t-elle, si vous ne dormez pas, je vous supplie, en attendant le jour qui paraîtra bientôt, de me raconter un ces contes agréables que vous savez. Hélas! ce sera peut-être la dernière fois que j'aurai ce plaisir. »

Scheherazade, au lieu de répondre à sa sœur, s'adressa au Sultan : « Sire, dit-elle, votre majesté veut-elle bien me permettre de donner cette satisfaction à ma sœur ? » « Très-volontiers, répondit le Sultan. » Alors Scheherazade dit à sa sœur d'écouter ; et puis adressant la parole à Schahriar, elle commença de la sorte :

PREMIÈRE NUIT.

LE MARCHAND ET LE GÉNIE.

SIRE, il y avait autrefois un marchand qui possédait de grands biens, tant en fonds de terre, qu'en marchandises et en argent comptant. Il avait beaucoup de commis, de facteurs et d'esclaves. Comme il était obligé de temps en temps de faire des voyages pour s'aboucher avec ses correspondans, un jour qu'une affaire d'importance l'appelait assez loin du lieu qu'il habitait, il monta à cheval, et partit avec une valise derrière lui, dans laquelle il avait mis une petite provision de biscuit et de dattes, parce qu'il avait un pays désert à passer, où il n'aurait pas trouvé de quoi vivre. Il arriva sans accident à l'endroit où il avait affaire ; et quand il eut terminé la chose qui l'y avait appelé, il remonta à cheval pour s'en retourner chez lui.

Le quatrième jour de sa marche, il se

sentit tellement incommodé de l'ardeur du soleil et de la terre échauffée pâr ses rayons, qu'il se détourna de son chemin pour aller se rafraîchir sous des arbres qu'il aperçut dans la campagne. Il y trouva, au pied d'un grand noyer, une fontaine d'une eau très-claire et coulante. Il mit pied à terre, attacha son cheval à une branche d'arbre, et s'assit près de la fontaine, après avoir tiré de sa valise quelques dattes et du biscuit. En mangeant les dattes, il en jetait les noyaux à droite et à gauche. Lorsqu'il eut achevé ce repas frugal, comme il était bon musulman, il se lava les mains, le visage et les pieds, et fit sa prière.

Il ne l'avait pas finie, et il était encore à genoux, quand il vit paraître un Génie tout blanc de vieillesse, et d'une grandeur énorme, qui, s'avançant jusqu'à lui le sabre à la main, lui dit d'un ton de voix terrible : « Lève-toi, que je te tue avec ce sabre, comme tu as tué mon fils. » Il accompagna ces mots d'un cri effroyable. Le marchand, autant effrayé de la hideuse figure du monstre, que des paroles qu'il lui avait adressées, lui répondit en tremblant : « Hélas ! mon bon Seigneur, de quel crime puis-je être coupable envers vous, pour mériter que vous m'ôtiez la vie ? » « Je veux, reprit le Génie, te tuer de même que tu as tué mon fils. » « Hé ! bon Dieu, repartit le marchand, comment pourrais-je avoir tué votre fils ? Je ne le connais point, et je ne l'ai jamais vu. » « Ne t'es-tu pas assis en arrivant ici ? répliqua le Génie ; n'as-tu pas tiré des dattes de ta valise, et, en les mangeant, n'en as-tu pas jeté les noyaux à droite et à gauche ? » « J'ai fait ce que vous dites, répondit le marchand, je ne puis le nier. » « Cela étant, reprit le Génie, je te dis que tu as tué mon fils, et voici comment : Dans le temps que tu jetais tes noyaux, mon fils passait ; il en reçut un dans l'œil, et il en est mort ; c'est pourquoi il faut que je te tue. » « Ah ! Monseigneur, pardon, s'écria le marchand. » « Point de pardon, répondit le Génie, point de miséricorde. N'est-il pas juste de tuer celui qui a tué ? » « J'en demeure d'accord, dit le marchand ; mais je n'ai assurément pas tué votre fils ; et quand cela serait, je ne l'aurais fait que fort innocemment ; par conséquent je vous supplie de me pardonner, et de me laisser la vie. » « Non, non, dit le Génie en persistant dans sa résolution, il faut que je te tue de même que tu as tué mon fils. » À ces mots il prit le marchand par le bras, le jeta la face contre terre, et leva le sabre pour lui couper la tête.

Cependant le marchand, tout en pleurs, et protestant de son innocence, regrettait sa femme et ses enfans, et disait les choses du monde les plus touchantes. Le Génie, toujours le sabre haut, eut la patience d'attendre que le malheureux eût achevé ses lamentations ; mais il n'en fut nullement attendri. « Tous ces regrets sont superflus, s'écria-t-il ; quand tes larmes seraient de sang, cela ne m'empêcherait pas de te tuer comme tu as tué mon fils. » « Quoi ! répliqua le marchand, rien ne peut vous toucher ! Vous voulez absolument ôter la vie à un pauvre innocent ! » « Oui, repartit le Génie, j'y suis résolu. » En achevant ces paroles....

Scheherazade, en cet endroit, s'apercevant qu'il était jour, et sachant que le
Sultan se levait de grand matin pour faire
sa prière et tenir son conseil, cessa de
parler. « Bon Dieu! ma sœur, dit alors
Dinarzade, que votre conte est merveilleux! » « La suite est encore plus surprenante, répondit Scheherazade, et vous
en tomberiez d'accord, si le Sultan voulait me laisser vivre encore aujourd'hui, et
me donner la permission de vous la raconter la nuit prochaine. » Schahriar, qui
avait écouté Scheherazade avec plaisir,
dit en lui-même : « J'attendrai jusqu'à demain; je la ferai toujours bien mourir
quand j'aurai entendu la fin de son conte. »
Ayant donc pris la résolution de ne pas
faire ôter la vie à Scheherazade ce jour-là,
il se leva pour faire sa prière, et aller au
conseil.

Pendant ce temps-là le grand-visir
était dans une inquiétude cruelle. Au lieu
de goûter la douceur du sommeil, il avait
passé la nuit à soupirer et à plaindre le
sort de sa fille, dont il devait être le bourreau. Mais si dans cette triste attente il

craignait la vue du Sultan, il fut agréablement surpris, lorsqu'il vit que ce prince
entrait au conseil sans lui donner l'ordre
funeste qu'il en attendait.

Le Sultan, selon sa coutume, passa la
journée à régler les affaires de son Empire;
et quand la nuit fut venue, il coucha encore avec Scheherazade. Le lendemain,
avant que le jour parût, Dinarzade ne
manqua pas de s'adresser à sa sœur, et de
lui dire : « Ma chère sœur, si vous ne dormez pas, je vous supplie, en attendant
le jour, qui paraîtra bientôt, de continuer
le conte d'hier. » Le Sultan n'attendit pas
que Scheherazade lui en demandât la
permission. « Achevez, lui dit-il, le conte
du Génie et du marchand, je suis curieux
d'en entendre la fin. » Scheherazade prit
alors la parole, et continua son conte dans
ces termes :

IIᵉ NUIT.

Sire, quand le marchand vit que le
Génie lui allait trancher la tête, il fit un

grand cri, et lui dit : « Arrêtez ; encore un mot, de grâce ; ayez la bonté de m'accorder un délai : donnez - moi le temps d'aller dire adieu à ma femme et à mes enfans, et de leur partager mes biens par un testament que je n'ai pas encore fait, afin qu'ils n'aient point de procès après ma mort ; cela étant fini, je reviendrai aussitôt dans ce même lieu me soumettre à tout ce qu'il vous plaira d'ordonner de moi. » « Mais, dit le Génie, si je t'accorde le délai que tu demandes, j'ai peur que tu ne reviennes pas. » « Si vous voulez croire à mon serment, répondit le marchand, je jure, par le Dieu du ciel et de la terre, que je viendrai vous retrouver ici sans y manquer. » « De combien de temps souhaites - tu que soit ce délai ? répliqua le Génie. » « Je vous demande une année, repartit le marchand ; il ne me faut pas moins de temps pour donner ordre à mes affaires, et pour me disposer à renoncer sans regret au plaisir qu'il y a de vivre. Ainsi, je vous promets que de demain en un an, sans faute, je me rendrai sous ces arbres, pour me remettre entre vos mains. » « Prends-tu Dieu à témoin de la promesse que tu me fais ? reprit le Génie. » « Oui, répondit le marchand, je le prends encore une fois à témoin, et vous pouvez vous reposer sur mon serment. » A ces paroles, le Génie le laissa près de la fontaine, et disparut.

Le marchand s'étant remis de sa frayeur, remonta à cheval, et reprit son chemin. Mais si d'un côté il avait de la joie de s'être tiré d'un si grand péril, de l'autre il était dans une tristesse mortelle, lorsqu'il songeait au serment fatal qu'il avait fait. Quand il arriva chez lui, sa femme et ses enfans le reçurent avec toutes les démonstrations d'une joie parfaite; mais au lieu de les embrasser de la même manière, il se mit à pleurer si amèrement, qu'ils jugèrent bien qu'il lui était arrivé quelque chose d'extraordinaire. Sa femme lui demanda la cause de ses larmes et de la vive douleur qu'il faisait éclater. « Nous nous réjouissions, disait-elle, de votre retour, et cependant vous nous alarmez tous par l'état où nous vous voyons. Expliquez-nous, je vous prie, le sujet de votre tristesse. » « Hélas! répondit le mari, le moyen que je sois dans une autre situation! je n'ai plus qu'un an à vivre. » Alors il leur raconta ce qui s'était passé entre lui et le Génie, et leur apprit qu'il lui avait donné parole de retourner au bout de l'année recevoir la mort de sa main.

Lorsqu'ils entendirent cette triste nouvelle, ils commencèrent tous à se désoler. La femme poussait des cris pitoyables en se frappant le visage et s'arrachant les cheveux; les enfans, fondant en pleurs, faisaient retentir la maison de leurs gémissemens; et le père, cédant à la force du sang, mêlait ses larmes à leurs plaintes : en un mot, c'était le spectacle du monde le plus touchant.

Dès le lendemain, le marchand songea à mettre ordre à ses affaires, et s'appliqua, sur toutes choses, à payer ses dettes. Il fit des présens à ses amis et de grandes aumônes aux pauvres, donna la liberté à ses esclaves de l'un et de l'autre sexe, partagea ses biens entre ses enfans, nomma des tuteurs pour ceux qui n'éfaient pas encore en âge; et en rendant à sa femme tout ce qui lui appartenait, selon son contrat de mariage, il l'avantagea de tout ce qu'il put lui donner suivant les lois.

Enfin l'année s'écoula, et il fallut partir. Il fit sa valise, où il mit le drap dans lequel il devait être enseveli; mais lorsqu'il voulut dire adieu à sa femme et à ses enfans, on n'a jamais vu une douleur plus vive. Ils ne pouvaient se résoudre à le perdre; ils voulaient tous l'accompagner et aller mourir avec lui. Néanmoins, comme il fallait se faire violence, et quitter des objets si chers : « Mes enfans, leur dit-il, j'obéis à l'ordre de Dieu en me séparant de vous. Imitez-moi : soumettez-vous courageusement à cette nécessité, et songez que la destinée de l'homme est de mourir. » Après avoir dit ces paroles, il s'arracha aux cris et aux regrets de sa famille; il partit, et arriva au même endroit où il avait vu le Génie, le propre jour qu'il avait promis de s'y rendre. Il mit aussitôt pied à terre, et s'assit au bord de la fontaine, où il attendit le Génie avec toute la tristesse qu'on peut s'imaginer.

Pendant qu'il languissait dans une si cruelle attente, un bon vieillard, qui menait une biche à l'attache, parut et s'approcha de lui. Ils se saluèrent l'un l'autre ; après quoi le vieillard lui dit : « Mon frère, peut-on savoir de vous pourquoi vous êtes venu dans ce lieu désert, où il n'y a que des esprits malins, et où l'on n'est pas en sûreté ? A voir ces beaux arbres, on le croirait habité ; mais c'est une véritable solitude, où il est dangereux de s'arrêter trop long-temps. »

Le marchand satisfit la curiosité du vieillard, et lui conta l'aventure qui l'obligeait à se trouver là. Le vieillard l'écouta avec étonnement ; et prenant la parole : « Voilà, s'écria-t-il, la chose du monde la plus surprenante ; et vous vous êtes lié par le serment le plus inviolable. Je veux, ajouta-t-il, être témoin de votre entrevue avec le Génie. » En disant cela, il s'assit près du marchand, et tandis qu'ils s'entretenaient tous deux.....

« Mais je vois le jour, dit Scheherazade en se reprenant ; ce qui reste est le plus beau du conte. » Le Sultan, résolu d'en entendre la fin, laissa vivre encore ce jour-là Scheherazade.

IIIᵉ NUIT.

La nuit suivante, Dinarzade fit à sa sœur la même prière que les deux précédentes. « Ma chère sœur, lui dit-elle, si vous ne dormez pas, je vous supplie de me raconter un de ces contes agréables que vous savez. » Mais le Sultan dit qu'il voulait entendre la suite de celui du marchand et du Génie; c'est pourquoi Schehezarade le reprit ainsi :

Sire, dans le temps que le marchand et le vieillard qui conduisait la biche s'entretenaient, il arriva un autre vieillard, suivi de deux chiens noirs. Il s'avança jusqu'à eux, et les salua, en leur demandant ce qu'ils faisaient en cet endroit. Le vieillard qui conduisait la biche lui apprit l'aventure du marchand et du Génie, ce qui s'était passé entre eux, et le serment du marchand. Il ajouta que ce jour était celui de la parole donnée, et qu'il était résolu de demeurer là pour voir ce qui en arriverait.

Le second vieillard, trouvant aussi la chose digne de sa curiosité, prit la même résolution. Il s'assit auprès des autres ; et à peine se fut-il mêlé à leur conversation, qu'il survint un troisième vieillard, qui, s'adressant aux deux premiers, leur demanda pourquoi le marchand qui était avec eux paraissait si triste. On lui en dit le sujet, qui lui parut si extraordinaire, qu'il souhaita aussi d'être témoin de ce qui se passerait entre le Génie et le marchand. Pour cet effet, il se plaça parmi les autres.

Ils aperçurent bientôt dans la campagne une vapeur épaisse, comme un tourbillon de poussière élevé par le vent. Cette vapeur s'avança jusqu'à eux, et se dissipant tout-à-coup, leur laissa voir le Génie, qui, sans les saluer, s'approcha du marchand le sabre à la main, et le prenant par le bras : « Lève-toi, lui dit-il, que je te tue comme tu as tué mon fils. »

Le marchand et les trois vieillards, ef-
frayés, se mirent à pleurer et à remplir
l'air de cris.....

Scheharazade, en cet endroit, apercevant le jour, cessa de poursuivre son
conte, qui avait si bien piqué la curiosité
du Sultan, que ce prince, voulant absolument en savoir la fin, remit encore au
lendemain la mort de la Sultane.

On ne peut exprimer quelle fut la joie
du grand-visir, lorsqu'il vit que le Sultan
ne lui ordonnait pas de faire mourir Scheherazade. Sa famille, la Cour, tout le
monde en fut généralement étonné.

IVe NUIT.

VERS la fin de la nuit suivante, Scheher-
razade, avec la permission du Sultan,
parla dans ces termes :

Sire, quand le vieillard qui conduisait
la biche vit que le Génie s'était saisi du
marchand, et l'allait tuer impitoyablement, il se jeta aux pieds de ce monstre,

et les lui baisant : « Prince des Génies, lui dit-il, je vous supplie très-humblement de suspendre votre colère, et de me faire la grâce de m'écouter. Je vais vous raconter mon histoire et celle de cette biche que vous voyez; mais si vous la trouvez plus merveilleuse et plus surprenante que l'aventure de ce marchand à qui vous voulez ôter la vie, puis-je espérer que vous voudrez bien remettre à ce pauvre malheureux le tiers de son crime? » Le Génie fut quelque temps à se consulter là-dessus; mais enfin il répondit. « Hé bien, voyons, j'y consens. »

HISTOIRE

DU PREMIER VIEILLARD ET DE LA BICHE.

JE vais donc, reprit le vieillard, commencer le récit; écoutez-moi, je vous prie, avec attention. Cette biche que vous voyez est ma cousine, et de plus ma femme. Elle n'avait pas douze ans quand je l'épousai; ainsi je puis dire qu'elle ne devait pas moins me regarder comme son père, que comme son parent et son mari.

Nous avons vécu ensemble trente années sans avoir eu d'enfans ; mais sa stérilité ne m'a point empêché d'avoir pour elle beaucoup de complaisance et d'amitié. Le seul désir d'avoir des enfans me fit acheter une esclave, dont j'eus un fils qui promettait infiniment. Ma femme en conçut de la jalousie, prit en aversion la mère et l'enfant, et cacha si bien ses sentimens, que je ne les connus que trop tard.

Cependant mon fils croissait, et il avait déjà dix ans, lorsque je fus obligé de faire un voyage. Avant mon départ, je recommandai à ma femme, dont je ne me défiais point, l'esclave et son fils, et je la priai d'en avoir soin pendant mon absence, qui dura une année entière. Elle profita de ce temps-là pour contenter sa haine. Elle s'attacha à la magie ; et quand elle sut assez de cet art diabolique pour exécuter l'horrible dessein qu'elle méditait, la scélérate mena mon fils dans un lieu écarté. Là, par ses enchantemens, elle le changea en veau, et le donna à mon fermier, avec ordre de le nourrir comme un veau, disait-elle, qu'elle avait acheté. Elle ne borna point sa fureur à cette action abominable ; elle changea l'esclave en vache, et la donna aussi à mon fermier.

A mon retour, je lui demandai des nouvelles de la mère et de l'enfant. « Votre esclave est morte, me dit-elle ; et pour votre fils, il y a deux mois que je ne l'ai vu, et que je ne sais ce qu'il est devenu. » Je fus touché de la mort de l'esclave ; mais comme mon fils n'avait fait que disparaître, je me flattai que je pourrais le revoir bientôt. Néanmoins huit mois se passèrent sans qu'il revînt ; et je n'en avais aucune nouvelle, lorsque la fête du grand Baïram * arriva. Pour la célébrer, je mandai à mon fermier de m'amener une vache des plus grasses pour

---

* Nom des deux seules fêtes d'obligation que les musulmans aient dans leur religion.

en faire un sacrifice. Il n'y manqua pas.
La vache qu'il m'amena était l'esclave
elle-même, la malheureuse mère de mon
fils. Je la liai; mais dans le moment que
je me préparais à la sacrifier, elle se mit
à faire des beuglemens pitoyables, et je
m'aperçus qu'il coulait de ses yeux des
ruisseaux de larmes. Cela me parut assez
extraordinaire; et me sentant, malgré
moi, saisi d'un mouvement de pitié, je
ne pus me résoudre à la frapper. J'ordon-
nai à mon fermier de m'en aller prendre
une autre.

Ma femme, qui était présente, frémit
de ma compassion; et s'opposant à un
ordre qui rendait sa malice inutile: « Que
faites-vous, mon ami? s'écria-t-elle; im-
molez cette vache : votre fermier n'en
a pas de plus belle, ni qui soit plus propre à l'usage que nous en voulons faire. »
Par complaisance pour ma femme, je
m'approchai de la vache; et combattant
la pitié qui en suspendait le sacrifice,
j'allais porter le coup mortel, quand la
victime, redoublant ses pleurs et ses beuglemens, me désarma une seconde fois.

Alors je mis le maillet entre les mains du fermier, en lui disant : « Prenez, et sacri-fiez-la-vous-même ; ses beuglemens et ses larmes me fendent le cœur. »

Le fermier, moins pitoyable que moi, la sacrifia. Mais en l'écorchant, il se trouva qu'elle n'avait que les os, quoi-qu'elle nous eût paru très-grasse. J'en eus un véritable chagrin. « Prenez-la pour vous, dis-je au fermier, je vous l'aban-donne ; faites-en des régals et des aumô-nes à qui vous voudrez ; et si vous avez un veau bien gras, amenez-le-moi à sa place. » Je ne m'informai pas de ce qu'il fit de la vache ; mais peu de temps après qu'il l'eut fait enlever de devant mes yeux, je le vis arriver avec un veau fort gras. Quoique j'ignorasse que ce veau fût mon fils, je ne laissai pas de sentir émouvoir mes entrailles à sa vue. De son côté, dès qu'il m'aperçut, il fit un si grand effort pour venir à moi, qu'il en rompit sa corde. Il se jeta à mes pieds, la tête contre terre, comme s'il eût voulu exciter ma com-passion, et me conjurer de n'avoir pas la cruauté de lui ôter la vie, en m'avertissant, autant qu'il lui était possible, qu'il était mon fils.

Je fus encore plus surpris et plus touché de cette action, que je ne l'avais été des pleurs de la vache. Je sentis une tendre pitié qui m'intéressa pour lui; ou, pour mieux dire, le sang fit en moi son devoir. « Allez, dis-je au fermier, ramenez ce veau chez vous; ayez-en un grand soin, et, à sa place, amenez-en un autre incessamment.

Dès que ma femme m'entendit parler ainsi, elle ne manqua pas de s'écrier encore : « Que faites-vous, mon mari? Croyez - moi, ne sacrifiez pas un autre veau que celui-là. » «Ma femme, lui répondis-je, je n'immolerai pas celui-ci; je veux lui faire grâce; je vous prie de ne point vous y opposer. » Elle n'eut garde, la méchante femme, de se rendre à ma prière; elle haïssait trop mon fils pour consentir que je le sauvasse. Elle m'en demanda le sacrifice avec tant d'opiniâtreté, que je fus obligé de le lui accorder. Je liai le veau, et prenant le couteau funeste.....

Scheherazade s'arrêta dans cet endroit, parce qu'elle aperçut le jour. « Ma sœur, dit alors Dinarzade, je suis enchantée de ce conte, qui soutient si agréablement mon attention. » « Si le Sultan me laisse encore vivre aujourd'hui, repartit Scheherazade, vous verrez que ce que je vous raconterai demain vous divertira beaucoup plus. » Schahriar, curieux de savoir ce que deviendrait le fils du vieillard qui conduisait la biche, dit à la Sultane qu'il serait bien aise d'entendre, la nuit prochaine, la fin de ce conte.

Ve NUIT.

Sire, poursuivit Scheherazade, le premier vieillard qui conduisait la biche continuant de raconter son histoire au Génie, aux deux autres vieillards et au marchand : « Je pris donc, leur dit-il, le couteau, et j'allais l'enfoncer dans la gorge de mon fils, lorsque, tournant vers moi languissamment ses yeux baignés de pleurs, il m'attendrit à un point, que je n'eus pas la force de l'immoler. Je laissai tomber le couteau, et je dis à ma femme que je voulais absolument tuer un autre veau que celui-là. Elle n'épargna rien pour me faire changer de résolution; mais, quoiqu'elle pût me représenter, je demeurai ferme, et lui promis, seulement pour l'appaiser, que je le sacrifierais au Baïram de l'année prochaine.

Le lendemain matin, mon fermier demanda à me parler en particulier. « Je viens, me dit-il, vous apprendre une nouvelle, dont j'espère que vous me saurez bon gré. J'ai une fille qui a quelque connaissance de la magie. Hier, comme je remenais au logis le veau dont vous n'aviez pas voulu faire le sacrifice, je remarquai qu'elle rit en le voyant, et qu'un moment après elle se mit à pleurer. Je lui demandai pourquoi elle faisait en même temps deux choses si contraires. « Mon père, me répondit-elle, ce veau « que vous ramenez est le fils de notre « maître. Je ris de joie de le voir encore « vivant, et j'ai pleuré en me souvenant « du sacrifice qu'on fit hier de sa mère,

« qui était changée en vache. Ces deux
« métamorphoses ont été faites par les
« enchantemens de la femme de notre
« maître, laquelle haïssait la mère et l'en-
« fant » « Voilà ce que m'a dit ma fille,
poursuivit le fermier, et je viens vous
apporter cette nouvelle. »

A ces paroles, ô Génie, continua le
vieillard, je vous laisse à juger qu'elle fut
ma surprise! Je partis sur-le-champ avec
mon fermier, pour parler moi-même à
sa fille. En arrivant, j'allai d'abord à l'é-
table où était mon fils. Il ne put répondre
à mes embrassemens ; mais il les reçut
d'une manière qui acheva de me persuader qu'il était mon fils.

La fille du fermier arriva. « Ma bonne
fille, lui dis-je, pouvez-vous rendre à
mon fils sa première forme ? » « Oui,
je le puis, me répondit-elle. » « Ah! si
vous en venez à bout, repris-je, je vous
fais maîtresse de tous mes biens. » Alors
elle me repartit en souriant : « Vous êtes
notre maître, et je sais trop bien ce que
je vous dois; mais je vous avertis que je
ne puis remettre votre fils dans son pre-

mier état, qu'à deux conditions : la première, que vous me le donnerez pour
époux ; et la seconde, qu'il me sera permis de punir la personne qui l'a changé
en veau. » « Pour la première condition,
lui dis-je, je l'accepte de bon cœur ; je dis
plus, je vous promets de vous donner
beaucoup de biens pour vous en particulier, indépendamment de celui que je
destine à mon fils. Enfin, vous verrez
comment je reconnaîtrai le grand service
que j'attends de vous. Pour la condition
qui regarde ma femme, je veux bien
l'accepter encore. Une personne qui a
été capable de faire une action si crimi-
nelle, mérite bien d'en être punie. Je
vous l'abandonne, faites-en ce qu'il vous
plaira ; je vous prie seulement de ne pas
lui ôter la vie. » « Je vais donc, répliqua-
t-elle, la traiter de la même manière
qu'elle a traité votre fils. » « J'y consens,
lui repartis-je ; mais rendez-moi mon fils
auparavant. »

Alors cette fille prit un vase plein
d'eau, prononça dessus des paroles que je
n'entendis pas, et s'adressant au veau :

« O veau ! dit-elle, si tu as été créé par
« le Tout-Puissant et souverain maître
« du monde tel que tu parais en ce mo-
« ment, demeure sous cette forme ; mais
« si tu es homme, et que tu sois changé
« en veau par enchantement, reprends
« ta figure naturelle par la permission du
« souverain Créateur. » En achevant ces
mots, elle jeta de l'eau sur lui, et à l'instant il reprit sa première forme.

« Mon fils, mon cher fils ! m'écriai-je
aussitôt en l'embrassant avec un transport dont je ne fus pas le maître : c'est
Dieu qui nous a envoyé cette jeune fille
pour détruire l'horrible charme dont
vous étiez environné, et vous venger du
mal qui vous a été fait, à vous et à votre
mère. Je ne doute pas que, par recon-
naisance, vous ne vouliez bien la prendre
pour votre femme, comme je m'y suis
engagé. » Il y consentit avec joie ; mais
avant qu'ils se mariassent, la jeune fille
changea ma femme en biche, et c'est elle
que vous voyez ici. Je souhaitai qu'elle
eût cette forme, plutôt qu'une autre
moins agréable, afin que nous la vissions

sans répugnance dans la famille. Depuis
ce temps-là, mon fils est devenu veuf, et
est allé voyager. Comme il y a plusieurs
années que je n'ai eu de ses nouvelles, je
me suis mis en chemin pour tâcher d'en
apprendre; et n'ayant pas voulu confier
à personne le soin de ma femme, pendant que je ferais enquête de lui, j'ai
jugé à propos de la mener partout avec
moi. Voilà donc mon histoire et celle de
cette biche. N'est-elle pas des plus sur-
prenantes et des plus merveilleuses?

« J'en demeure d'accord, dit le Génie; et, en sa faveur, je t'accorde le tiers
de la grâce de ce marchand. »

Quand le premier vieillard, Sire, continua la Sultane, eut achevé son histoire,
le second, qui conduisait les deux chiens
noirs, s'adressa au Génie et lui dit : « Je
vais vous raconter ce qui m'est arrivé, à
moi et à ces deux chiens noirs que voici,
et je suis sûr que vous trouverez mon histoire encore plus étonnante que celle que
vous venez d'entendre. Mais quand je vous
l'aurai contée, m'accorderez-vous le second tiers de la grâce de ce marchand. ? »

« Oui, répondit le Génie, pourvu que ton histoire surpasse celle de la biche. » Après ce consentement, le second vieillard commença de cette manière.....

Mais Scheherazade, en prononçant ces dernières paroles, ayant vu le jour, cessa de parler. « Bon Dieu, ma sœur, dit Dinarzade, que ces aventures sont singulières ! Ma sœur, répondit la Sultane, elles ne sont pas comparables à celles que j'aurais à vous raconter la nuit prochaine, si le Sultan, mon seigneur et mon maître, avait la bonté de me laisser vivre. » Schahriar ne répondit rien à cela ; mais il se leva, fit sa prière, et alla au conseil, sans donner aucun ordre contre la vie de la charmante Scheherazade.

VIᵉ NUIT.

LA sixième nuit étant venue, le Sultan et son épouse se couchèrent. Dinarzade se réveilla à l'heure ordinaire, et appela la Sultane. Schahriar, prenant la parole: « Je souhaiterais, dit-il, d'entendre l'histoire

du second vieillard et des deux chiens
noirs. » « Je vais contenter votre curiosité, Sire, répondit Scheherazade. » Le
second vieillard, poursuivit-elle, s'adressant au Génie, commença ainsi son histoire :

HISTOIRE

DU SECOND VIEILLARD ET DES DEUX CHIENS NOIRS.

Grand prince des Génies, vous saurez
que nous sommes trois frères : ces deux
chiens noirs que vous voyez, et moi, qui
suis le troisième. Notre père nous avait
laissé, en mourant, à chacun mille sequins *. Avec cette somme, nous embras-
sâmes tous trois la même profession : nous
nous fîmes marchands. Peu de temps
après que nous eûmes ouvert boutique,
mon frère aîné, l'un de ces deux chiens,
résolut de voyager, et d'aller négocier

* Monnaie d'or qui a grand cours à Venise et
dans le Levant. Le sequin vaut 12 fr. 4 centim.

dans les pays étrangers. Dans ce dessein, il vendit tout son fonds, et en acheta des marchandises propres au négoce qu'il voulait faire.

Il partit, et fut absent une année entière. Au bout de ce temps-là, un pauvre, qui me parut demander l'aumône, se présenta à ma boutique. Je lui dis : « Dieu vous assiste. » « Dieu vous assiste aussi, me répondit-il ; est-il possible que vous ne me reconnaissiez pas ? » Alors, l'envisageant avec attention, je le reconnus. « Ah ! mon frère, m'écriai-je en l'embrassant, comment vous aurais-je pu reconnaître en cet état ? » Je le fis entrer dans ma maison, je lui demandai des nouvelles de sa santé et du succès de son voyage. « Ne me faites pas cette question, me dit-il ; en me voyant, vous voyez tout. Ce serait renouveler mon affliction, que de vous faire le détail de tous les malheurs qui me sont arrivés depuis un an, et qui m'ont réduit à l'état où je suis. »

Je fis aussitôt fermer ma boutique ; et, abandonnant tout autre soin, je le menai au bain, et lui donnai les plus

beaux habits de ma garde-robe. J'exa-
minai mes registres de vente et d'achat ;
et trouvant que j'avais doublé mon fonds,
c'est - à - dire que j'étais riche de deux
mille sequins, je lui en donnai la moitié.
« Avec cela, mon cher frère, lui dis-je,
vous pourrez oublier la perte que vous
avez faite. » Il accepta les mille sequins
avec joie, rétablit ses affaires, et nous
vécûmes ensemble comme nous avions
vécu auparavant.

Quelque temps après, mon second
frère, qui est l'autre de ces deux chiens,
voulut aussi vendre son fonds. Nous fîmes, son aîné et moi, tout ce que nous
pûmes pour l'en détourner ; mais il n'y
eut pas moyen. Il le vendit ; et, de l'argent qu'il en fit, il acheta des marchandises propres au négoce étranger qu'il
voulait entreprendre. Il se joignit à une
caravane, et partit. Il revint au bout de
l'an dans le même état que son frère aîné.
Je le fis habiller ; et comme j'avais encore mille sequins par-dessus mon fonds,
je les lui donnai. Il releva boutique, et
continua d'exercer sa profession.

Un jour mes deux frères vinrent me trouver pour me proposer de faire un voyage, et d'aller trafiquer avec eux. Je rejetai d'abord leur proposition. « Vous avez voyagé, leur dis-je ; qu'y avez-vous gagné ? Qui m'assurera que je serai plus heureux que vous ? » En vain ils me représentèrent là-dessus tout ce qui leur sembla devoir m'éblouir et m'encourager à tenter la fortune ; je refusai d'entrer dans leur dessein. Mais ils revinrent tant de fois à la charge, qu'après avoir, pendant cinq ans, résisté constamment à leurs sollicitations, je m'y rendis enfin. Mais quand il fallut faire les préparatifs du voyage, et qu'il fut question d'acheter les marchandises dont nous avions besoin, il se trouva qu'ils avaient tout mangé, et qu'il ne leur restait rien des mille sequins que je leur avais donnés à chacun. Je ne leur en fis pas le moindre reproche ; au contraire, comme mon fonds était de six mille sequins, j'en partageai la moitié avec eux, en leur disant : « Mes frères, il faut risquer ces trois mille sequins, et cacher les autres en quel-

qu'endroit sûr, afin que si notre voyage
n'est pas plus heureux que ceux que vous
avez déjà faits, nous ayons de quoi nous
en consoler, et reprendre notre ancienne
profession. » Je donnai donc mille sequins à chacun; j'en gardai autant pour
moi, et j'enterrai les trois mille autres
dans un coin de ma maison. Nous achetâmes des marchandises; et, après les
avoir embarquées sur un vaisseau que
nous frétâmes entre nous trois, nous fîmes mettre à la voile avec un vent favorable. Après un mois de navigation.....

« Mais je vois le jour, poursuivit Schéherazade, il faut que j'en demeure là.
« Ma sœur, dit Dinarzade, voilà un conte
qui promet beaucoup; je m'imagine que
la suite en est fort extraordinaire. » «Vous
ne vous trompez pas, répondit la Sultane; et si le Sultan me permet de vous
la conter, je suis persuadée qu'elle vous
divertira fort. » Schahriar se leva comme
le jour précédent, sans s'expliquer là-
dessus, et ne donna point ordre au grand-
visir de faire mourir sa fille.

~~~~~~

VIIe NUIT.

Sur la fin de la septième nuit, Dinarzade supplia la Sultane de conter la suite de ce beau conte qu'elle n'avait pu achever la veille. « Je le veux bien, répondit Scheherazade ; » et pour en reprendre le fil, je vous dirai que le vieillard qui menait les deux chiens noirs, continuant de raconter son histoire au Génie, aux deux autres vieillards et au marchand : Enfin, leur dit-il, après deux mois de navigation, nous arrivâmes heureusement à un port de mer, où nous débarquâmes, et fimes un très-grand débit de nos marchandises. Moi surtout je vendis si bien les miennes, que je gagnai dix pour un. Nous achetâmes des marchandises du pays, pour les transporter et les négocier au nôtre.

Dans le temps que nous étions prêts à nous rembarquer pour notre retour, je rencontrai sur le bord de la mer une dame assez bien faite, mais fort pauvrement habillée. Elle m'aborda, me baisa la main, et me pria, avec les dernières instances, de la prendre pour femme, et de l'embarquer avec moi. Je fis difficulté de lui accorder ce qu'elle demandait; mais elle me dit tant de choses pour me persuader que je ne devais pas prendre garde à sa pauvreté, que j'aurais lieu d'être content de sa conduite, que je me laissai vaincre. Je lui fis faire des habits propres; et après l'avoir épousée par un contrat de mariage en bonne forme, je l'embarquai avec moi, et nous mîmes à la voile.

Pendant notre navigation, je trouvai de si belles qualités dans la femme que je venais de prendre, que je l'aimais tous les jours de plus en plus. Cependant mes deux frères, qui n'avaient pas si bien fait leurs affaires que moi, et qui étaient jaloux de ma prospérité, me portaient envie. Leur fureur alla même jusqu'à conspirer contre ma vie. Une nuit, dans le temps que ma femme et moi nous dormions, ils nous jetèrent à la mer.

Ma femme était fée, et par conséquent Génie; vous jugez bien qu'elle ne se noya pas. Pour moi, il est certain que je serais

mort sans son secours : mais je fus à peine
tombé dans l'eau, qu'elle m'enleva et me
transporta dans une île. Quand il fit jour,
la fée me dit : « Vous voyez, mon mari,
qu'en vous sauvant la vie, je ne vous ai
pas mal récompensé du bien que vous
m'avez fait. Vous saurez que je suis fée
et que me trouvant sur le bord de la mer,
lorsque vous alliez vous embarquer, je me
sentis une forte inclination pour vous. Je
voulus éprouver la bonté de votre cœur;
je me présentai devant vous déguisée
comme vous m'avez vue. Vous en avez
usé avec moi généreusement. Je suis ravie
d'avoir trouvé l'occasion de vous en marquer ma reconnaissance. Mais je suis irritée contre vos frères, et je ne serai pas
satisfaite que je ne leur aie ôté la vie. »

J'écoutai avec admiration le discours
de la fée ; je la remerciai le mieux qu'il
me fut possible de la grande obligation
que je lui avais. « Mais, Madame, lui dis-
je, pour ce qui est de mes frères, je vous
supplie de leur pardonner. Quelque sujet
que j'aie de me plaindre d'eux, je ne suis
pas assez cruel pour vouloir leur perte. »

Je lui racontai ce que j'avais fait pour l'un et l'autre; et mon récit augmentant son indignation contre eux : « Il faut, s'écria-t-elle, que je vole tout à l'heure après ces traîtres et ces ingrats, et que j'en tire une prompte vengeance. Je vais submerger leur vaisseau, et les précipiter dans le fond de la mer. » Non, ma belle dame, repris-je, au nom de Dieu, n'en faites rien, modérez votre courroux ; songez que ce sont mes frères, et qu'il faut faire le bien pour le mal. »

« J'appaisai la fée par ces paroles; et lorsque je les eus prononcées, elle me transporta en un instant de l'île où nous étions, sur le toit de mon logis, qui était en terrasse, et elle disparut un moment après. Je descendis, j'ouvris les portes, et je déterrai les trois mille sequins que j'avais cachés. J'allai ensuite à la place où était ma boutique; je l'ouvris, et je reçus des marchands mes voisins, des complimens sur mon retour. Quand je rentrai chez moi, j'aperçus ces deux chiens noirs qui vinrent m'aborder d'un air soumis. Je ne savais ce que cela signifiait, et j'en étais fort étonné ; mais la fée, qui parut bientôt, m'en éclaircit. « Mon mari, me dit-elle, ne soyez pas surpris de voir ces deux chiens chez vous : ce sont vos deux frères. » Je frémis à ces mots, et je lui demandai par quelle puissance ils se trouvaient en cet état. « C'est moi qui les y ai mis, me répondit-elle ; au moins, c'est une de mes sœurs, à qui j'en ai donné la commission, et qui en même temps a coulé à fond leur vaisseau. Vous y perdez les marchandises que vous y aviez ; mais je vous récompenserai d'ailleurs. A l'égard de vos frères, je les ai condamnés à demeurer dix ans sous cette forme ; leur perfidie ne les rend que trop dignes de cette pénitence. » Enfin, après m'avoir enseigné où je pourrais avoir de ses nouvelles, elle disparut.

Présentement que les dix années sont accomplies, je suis en chemin pour l'aller chercher ; et comme en passant par ici j'ai rencontré ce marchand et le bon vieillard qui mène sa biche, je me suis arrêté avec eux. Voilà quelle est mon histoire, ô prince des Génies ! Ne vous paraît-elle

pas des plus extraordinaires ? » « J'en con
viens, répondit le Génie, et je remets aussi
en sa faveur le second tiers du crime dont
ce marchand est coupable envers moi. »

Aussitôt que le second vieillard eut
achevé son histoire, le troisième prit la
la parole, et fit au Génie la même demande que les deux premiers, c'est-à-dire
de remettre au marchand le troisième
tiers de son crime, supposé que l'histoire
qu'il avait à lui raconter surpassât en événemens singuliers les deux qu'il venait
d'entendre. Le Génie lui fit la même promesse qu'aux autres. « Ecoutez donc, lui
dit alors ce vieillard.... »

Mais le jour paraît, dit Scheherazade
en se reprenant ; il faut que je m'arrête en
cet endroit. « Je ne puis assez admirer,
ma sœur, dit alors Dinarzade, les aventures que vous venez de raconter. » « J'en
sais une infinité d'autres, répondit la Sultane, qui sont encore plus belles. » Schahriar, voulant savoir si le conte du troisième
vieillard serait aussi agréable que celui du
second, différa jusqu'au lendemain la mort
de Scheherazade.

~~~~~~

VIIIe NUIT.

DÈS que Dinarzade s'aperçut qu'il était temps d'appeler la Sultane, elle supplia sa sœur, en attendant le jour, de lui faire le récit de quelque beau conte. « Raccontez-nous celui du troisième vieillard, dit le Sultan à Scheherazade ; j'ai bien de la peine à croire qu'il soit plus merveilleux que celui du vieillard et des deux chiens noirs. »

Sire, répondit la Sultane, le troisième vieillard raconta son histoire au Génie ; je ne vous la dirai point, car elle n'est point venue à ma connaissance ; mais je sais qu'elle se trouva si fort au-dessus des deux précédentes, par la diversité des aventures merveilleuses qu'elle contenait, que le Génie en fut étonné. Il n'en eut pas plutôt ouï la fin, qu'il dit au troisième vieillard : « Je t'accorde le dernier tiers de la grâce du marchand : il doit bien vous remercier tous trois de l'avoir tiré d'intrigue par vos histoires ; sans vous il ne serait plus au monde. » En achevant ces mots, il disparut, au grand contentement de la compagnie. Le marchand ne manqua pas de rendre à ses trois libérateurs toutes les grâces qu'il leur devait. Ils se réjouirent avec lui de le voir hors de péril ; après quoi ils se dirent adieu, et chacun reprit son chemin. Le marchand s'en retourna auprès de sa femme et de ses enfans, et passa tranquillement avec eux le reste de ses jours. « Mais, Sire, ajouta Scheherazade, quelque beaux que soient les contes que j'ai racontés jusqu'ici à Votre Majesté, ils n'approchent pas de celui du pêcheur. » Dinarzade voyant que la Sultane s'arrêtait, lui dit : « Ma sœur, puisqu'il nous reste encore du temps, de grâce, racontez-nous l'histoire de ce pêcheur ; le Sultan le voudra bien. » Shâhriar y consentit ; et Scheherazade, reprenant son discours, poursuivit de cette manière :

HISTOIRE DU PÊCHEUR.

Sire, il y avait autre ois un pêcheur fort âgé, et si pauvre, qu'à peine pouvait-il gagner de quoi faire subsister sa femme et trois enfans dont sa famille était composée. Il allait tous les jours à la pêche de grand matin ; et chaque jour il s'était fait une loi de ne jeter ses filets que quatre fois seulement.

Il partit un matin au clair de la lune, et se rendit au bord de la mer. Il se déshabilla, et jeta ses filets. Comme il les tirait vers le rivage, il sentit d'abord de la résistance ; il crut avoir fait une bonne pêche, et s'en réjouissait déjà en lui-même : mais un moment après, s'apercevant qu'au lieu de poisson, il n'y avait dans ses filets que la carcasse d'un âne, il en eut beaucoup de chagrin....

Scheherazade en cet endroit cessa de parler, parce qu'elle vit paraître le jour. « Ma sœur, lui dit Dinarzade, je vous avoue que ce commencement me charme, et je prévois que la suite sera fort agréable. » « Rien n'est plus surprenant que l'histoire du pêcheur, sépondit la Sultane; et vous en conviendrez la nuit prochaine, si le Sultan me fait la grâce de me laisser vivre. » Schahriar, curieux d'apprendre le succès de la pêche du pêcheur, ne voulut pas faire mourir ce jour-là Scheherazade : c'est pourquoi il se leva, et ne donna point encore ce cruel ordre.

IXe NUIT.

Ma chère sœur, s'écria Dinarzade, le lendemain à l'heure ordinaire, je vous supplie de nous finir le conte du pêcheur; je meurs d'envie de l'entendre. » Je vais vous donner cette satisfaction, répondit la Sultane. » En même temps elle demanda la permission au Sultan, et lorsqu'elle l'eut obtenue, elle reprit en ces termes le conte du pêcheur :

Sire, quand le pêcheur, affligé d'avoir fait une si mauvaise pêche, eut raccom-

modé ses filets, que la carcasse de l'âne
avait rompus en plusieurs endroits, il les
jeta une seconde fois. En les tirant, il sentit encore beaucoup de résistance, ce qui
lui fit croire qu'ils étaient remplis de poisson ; mais il n'y trouva qu'un grand panier
plein de gravier et de fange. Il en fut dans
une extrême affliction. » O Fortune ! s'é-
cria-t-il d'une voix pitoyable, cesse d'être
en colère contre moi, et ne persécute
point un malheureux qui te prie de l'é-
pargner. Je suis parti de ma maison pour
venir ici chercher ma vie, et tu m'annon-
ces ma mort. Je n'ai pas d'autre métier
que celui-ci pour subsister ; et malgré tous
les soins que j'y apporte, je puis à peine
fournir aux plus pressans besoins de ma
famille. Mais j'ai tort de me plaindre de
toi , tu prends plaisir à maltraiter les
honnêtes gens, et à laisser de grands
hommes dans l'obscurité, tandis que tu
favorises les méchans, et que tu élèves
ceux qui n'ont aucune vertu qui les rende
recommandables. »

En achevant ces plaintes, il jeta brusquement le panier ; et après avoir bien

lavé ses filets, que la fange avait gâtés, il
les jeta pour la troisième fois. Mais il n'a-
mena que des pierres, des coquilles et de
l'ordure. On ne saurait expliquer quel fut
son désespoir : peu s'en fallut qu'il ne
perdît l'esprit. Cependant, comme le jour
commençait à paraître, il n'oublia pas de
faire sa prière en bon musulman ; ensuite
il ajouta celle-ci : « Seigneur, vous savez
« que je ne jette mes filets que quatre fois
« chaque jour. Je ne les ai déjà jetés que
« trois fois sans avoir tiré le moindre fruit
« de mon travail. Il ne m'en reste plus
« qu'une ; je vous supplie de me rendre
« la mer favorable, comme vous l'avez
« rendue à Moïse. »

Le pêcheur ayant fini cette prière, jeta
ses filets pour la quatrième fois. Quand il
jugea qu'il devait y avoir du poisson, il
les tira comme auparavant avec assez de
peine. Il n'y en avait pas pourtant ; mais
il y trouva un vase de cuivre jaune, qui,
à sa pesanteur, lui parut plein de quelque
chose ; et il remarqua qu'il était fermé et
scellé de plomb, avec l'empreinte d'un
sceau. Cela le réjouit. « Je le vendrai au

fondeur, disait-il, et de l'argent que j'en
ferai, j'en acheterai une mesure de blé. »

Il examina le vase de tous côtés; il le
secoua, pour voir si ce qui était dedans
ne ferait pas de bruit. Il n'entendit rien;
et cette circonstance, avec l'empreinte du
sceau sur le couvercle de plomb, lui firent
penser qu'il devait être rempli de quelque chose de précieux. Pour s'en éclaircir, il prit son couteau, et avec un peu
de peine, il l'ouvrit. Il en pencha aussitôt l'ouverture contre terre; mais il n'en
sortit rien, ce qui le surprit extrêmement.
Il le posa devant lui; et pendant qu'il le
considérait attentivement, il en sortit
une fumée fort épaisse qui l'obligea de
reculer deux ou trois pas en arrière.
Cette fumée s'éleva jusqu'aux nues, et
s'étendant sur la mer et sur le rivage,
forma un gros brouillard : spectacle qui
causa, comme on peut se l'imaginer, un
étonnement extraordinaire au pêcheur.
Lorsque la fumée fut toute hors du vase,
elle se réunit, et devint un corps solide,
dont il se forma un Génie deux fois aussi
haut que le plus grand de tous les géans.

A l'aspect d'un monstre d'une grandeur si démesurée, le pêcheur voulut prendre la fuite ; mais il se trouva si troublé et si effrayé, qu'il ne put marcher.

« Salomon*, s'écria d'abord le Génie, Salomon, grand prophète de Dieu, pardon, pardon ! Jamais je ne m'opposerai à vos volontés ; j'obéirai à tous vos commandemens..... »

Scheherazade, apercevant le jour, interrompit là son conte.

Dinarzade prit alors la parole : « Ma sœur, dit-elle, on ne peut mieux tenir sa promesse que vous tenez la vôtre : ce conte est assurément plus surprenant que les autres. » « Ma sœur, répondit la Sultane, vous entendrez des choses qui vous causeront encore plus d'admiration, si le Sultan, mon seigneur, me permet de vous les raconter. » Schahriar avait trop d'envie d'entendre le reste de l'histoire du

---

* Les mahométans croient que Dieu donna à Salomon le don des miracles plus abondamment qu'à aucun autre avant lui ; suivant eux, ils commandait aux anges et aux démons.

pêcheur, pour vouloir se priver de ce plaisir : il remit donc encore au lende- main la mort de la Sultane.

~~~~~~

Xe NUIT.

DINARZADE, la nuit suivante, appelant sa sœur quand il en fut temps, la pria de continuer le conte du pêcheur. Le Sul- tan, de son côté, témoigna de l'impa- tience d'apprendre quel démêlé le Génie avait eu avec Salomon. C'est pourquoi Scheherazade poursuivit ainsi le conte du pêcheur :

Sire, le pêcheur n'eut pas sitôt entendu les paroles que le Génie avait prononcées, qu'il se rassura, et lui dit : « Esprit su- perbe, que dites-vous ? Il y a plus de dix- huit cents ans que Salomon, le prophète de Dieu, est mort, et nous sommes pré- sentement à la fin des siècles. Apprenez- moi votre histoire, et pour quel sujet vous étiez renfermé dans ce vase. »

A ce discours, le Génie regardant le pêcheur d'un air fier, lui répondit : « Par-

le-moi plus civilement ; tu es bien hardi,
de m'appeler esprit superbe. » « Hé bien,
repartit le pêcheur, vous parlerai-je avec
plus de civilité, en vous appelant hibou
du bonheur ? » « Je te dis, repartit le
Génie, de me parler plus civilement
avant que je te tue. » « Hé pourquoi me
tueriez-vous ? répliqua le pêcheur ; je
viens de vous mettre en liberté ; l'avez-
vous déjà oublié ? » « Non, je m'en souviens, repartit le Génie ; mais cela ne
m'empêchera pas de te faire mourir ; et
je n'ai qu'une seule grâce à t'accorder. »
« Et quelle est cette grâce ? dit le pêcheur. » « C'est, répondit le Génie, de
te laisser choisir de quelle manière tu
veux que je te tue. » « Mais en quoi vous
ai-je offensé ? reprit le pêcheur ; est-ce
ainsi que vous voulez me récompenser du
bien que je vous ai fait ? » « Je ne puis te
traiter autrement, dit le Génie ; et afin
que tu en sois persuadé, écoute mon histoire :

« Je suis un de ces esprits rebelles qui
se sont opposés à la volonté de Dieu. Tous
les autres Génies reconnurent le grand

Salomon, prophète de Dieu, et se soumirent à lui. Nous fûmes les seuls, Sacar et moi, qui ne voulûmes pas faire cette bassesse. Pour s'en venger, ce puissant monarque chargea Assaf, fils de Barakhia, son premier ministre, de venir me prendre. Cela fut exécuté. Assaf vint se saisir de ma personne, et me mena malgré moi devant le trône du Roi son maître. Salomon, fils de David, me commanda de quitter mon genre de vie, de reconnaître son pouvoir, et de me soumettre à ses commandemens. Je refusai hautement de lui obéir, et j'aimai mieux m'exposer à tout son ressentiment, que de lui prêter le serment de fidélité et de soumission qu'il exigeait de moi. Pour me punir, il m'enferma dans ce vase de cuivre ; et afin de s'assurer de moi, et que je ne pusse pas forcer ma prison, il imprima lui-même sur le couvercle de plomb, son sceau, où le grand nom de Dieu était gravé. Cela fait, il mit le vase entre les mains d'un des Génies qui lui obéissaient, avec ordre de me jeter à la mer, ce qui fut exécuté à mon grand regret. Durant le premier siècle de ma prison, je jurai que si quelqu'un m'en délivrait avant les cent ans achevés, je le rendrais riche, même après sa mort; mais le siècle s'écoula, et personne ne me rendit ce bon office. Pendant le second siècle, je fis serment d'ouvrir tous les trésors de la terre à quiconque me mettrait en liberté; mais je ne fus pas plus heureux. Dans le troisième, je promis de faire puissant monarque mon libérateur, d'être toujours près de lui en esprit, et de lui accorder chaque jour trois demandes, de quelque nature qu'elles pussent être; mais ce siècle se passa comme les deux autres, et je demeurai toujours dans le même état. Enfin, chagrin, ou plutôt enragé de me voir prisonnier si long-temps, je jurai que si quelqu'un me délivrait dans la suite, je le tuerais impitoyablement, et ne lui accorderais point d'autre grâce que de lui laisser le choix du genre de mort dont il voudrait que je le fisse mourir. C'est pourquoi, puisque tu es venu ici aujourd'hui, et que tu m'as délivré, choisis comment tu veux que je te tue. »

Ce discours affligea fort le pêcheur. « Je suis bien malheureux, s'écria-t-il, d'être venu en cet endroit rendre un si grand service à un ingrat! Considérez, de grâce, votre injustice, et révoquez un serment si peu raisonnable. Pardonnez-moi, Dieu vous pardonnera de même. Si vous me donnez généreusement la vie, il vous mettra à couvert de tous les complots qui se formeront contre vos jours. » « Non, ta mort est certaine, dit le Génie; choisis seulement de quelle sorte tu veux que je te fasse mourir. » Le pêcheur, le voyant dans la résolution de le tuer, en eut une douleur extrême, non pas tant pour l'amour de lui, qu'à cause de ses trois enfans dont il plaignait la misère où ils allaient être réduits par sa mort. Il tâcha encore d'appaiser le Génie. « Hélas! reprit-il, daignez avoir pitié de moi, en considération de ce que j'ai fait pour vous. » « Je te l'ai déjà dit, repartit le Génie, c'est justement pour cette raison que je suis obligé de t'ôter la vie. » « Cela est étrange, répliqua le pêcheur, que vous vouliez absolument rendre le mal pour le bien. Le proverbe dit que qui fait du bien à celui qui ne le mérite pas, en est toujours mal payé. Je croyais, je l'avoue, que cela était faux ; en effet, rien ne choque davantage la raison et les droits de la société : néanmoins j'éprouve cruellement que cela n'est que trop véritable. » « Ne perdons pas le temps, interrompit le Génie ; tous tes raisonnemens ne sauraient me détourner de mon dessein. Hâte-toi de dire comment tu souhaites que je te tue. »

La nécessité donne de l'esprit. Le pêcheur s'avisa d'un stratagême. « Puisque je ne saurais éviter la mort, dit-il au Génie, je me soumets donc à la volonté de Dieu. Mais avant que je choisisse un genre de mort, je vous conjure, par le grand nom de Dieu qui était gravé sur le sceau du prophète Salomon, fils de David, de me dire la vérité sur une question que j'ai à vous faire. »

Quand le Génie vit qu'on lui faisait une adjuration qui le contraignait de répondre positivement, il trembla en lui-même, et dit au pêcheur : « Demande, moi ce que tu voudras , et hâte-toi......»

Le jour venant à paraître, Scheherazade se tut en cet endroit de son discours. «Ma sœur, lui dit Dinarzade, il faut convenir que plus vous parlez, et plus vous faites de plaisir. J'espère que le Sultan, notre seigneur, ne vous fera pas mourir qu'il n'ait entendu le reste du beau conte du pêcheur. » « Le Sultan est le maître, reprit Scheherazade; il faut vouloir tout ce qu'il lui plaira. » Le Sultan, qui n'avait pas moins d'envie que Dinarzade d'entendre la fin de ce conte, différa encore la mort de la Sultane.

XIe NUIT.

Schahriar et la princesse son épouse passèrent cette nuit de la même manière que les précédentes; et avant que le jour parût, Dinarzade les réveilla par ces paroles, qu'elle adressa à la Sultane : « Ma sœur, je vous prie de reprendre le conte du pêcheur. » « Très-volontiers, répondit

Schehérazade, je vais vous satisfaire, avec la permission du Sultan. »

Le Génie, poursuivit-elle, ayant promis de dire la vérité, le pêcheur lui dit : « Je voudrais savoir si effectivement vous étiez dans ce vase ; oseriez-vous en jurer par le grand nom de Dieu ? » « Oui, répondit le Génie, je jure par ce grand nom que j'y étais ; et cela est très-véritable. » « En bonne foi, répliqua le pêcheur, je ne puis vous croire. Ce vase ne pourrait pas seulement contenir un de vos pieds ; comment se peut-il que votre corps y ait été renfermé tout entier ? » « Je te jure pourtant, repartit le Génie, que j'y étais tel que tu me vois. Est-ce que tu ne me crois pas, après le grand serment que je t'ai fait ? » « Non vraiment, dit le pêcheur ; et je ne vous croirai point, à moins que vous ne me fassiez voir la chose. »

Alors il se fit une dissolution du corps du Génie, qui, se changeant en fumée, s'étendit comme auparavant sur la mer et sur le rivage, et qui, se rassemblant ensuite, commença de rentrer dans le vase,

et continua de même par une succession
lente et égale, jusqu'à ce qu'il n'en restât
plus rien au-dehors. Aussitôt il en sortit
une voix qui dit au pêcheur : « Hé bien,
incrédule pêcheur, me voici dans le vase;
me crois-tu présentement? »

Le pêcheur, au lieu de répondre au
Génie, prit le couvercle de plomb, et
ayant fermé promptement le vase : « Génie, lui cria-t-il, demande-moi grâce à
ton tour, et choisis de quelle mort tu
veux que je te fasse mourir. Mais non, il
vaut mieux que je te rejette à la mer,
dans le même endroit d'où je t'ai tiré,
puis je ferai bâtir une maison sur ce rivage, où je demeurerai, pour avertir
tous les pêcheurs qui viendront y jeter
leurs filets, de bien prendre garde de
repêcher un méchant Génie comme toi,
qui as fait serment de tuer celui qui te
mettra en liberté. »

A ces paroles offensantes, le Génie,
irrité, fit tous ses efforts pour sortir du
vase; mais c'est ce qui ne lui fut pas possible; car l'empreinte du sceau du prophète Salomon, fils de David, l'en em-

pêchait. Ainsi, voyant que le pêcheur avait alors l'avantage sur lui, il prit le parti de dissimuler sa colère. « Pêcheur, lui dit-il d'un ton radouci, garde-toi bien de faire ce que tu dis. Ce que j'en ai fait n'a été que par plaisanterie, et tu ne dois pas prendre la chose sérieusement. » « O Génie ! répondit le pêcheur, toi qui étais, il n'y a qu'un moment, le plus grand, et qui es à cette heure le plus petit de tous les Génies, apprends que tes artificieux discours ne te serviront de rien. Tu retourneras à la mer. Si tu y as demeuré tout le temps que tu m'as dit, tu pourras bien y demeurer jusqu'au jour du jugement. Je t'ai prié, au nom de Dieu, de ne me pas ôter la vie : tu as rejeté mes prières ; je dois te rendre la pareille. »

Le Génie n'épargna rien pour tâcher de toucher le pêcheur. « Ouvre le vase, lui dit-il, donne-moi la liberté, je t'en supplie ; je te promets que tu seras content de moi. » « Tu n'es qu'un traître, repartit le pêcheur. Je mériterais de perdre la vie, si j'avais l'imprudence de me fier à toi. Tu ne manquerais pas de me traiter de la même façon qu'un certain roi grec traita le médecin Douban. C'est une histoire que je te veux raconter ; écoute.

HISTOIRE

DU ROI GREC ET DU MÉDECIN DOUBAN.

Il y avait au pays de Zouman, dans la Perse, un Roi dont les sujets étaient Grecs originairement. Ce Roi était couvert de lèpre ; et ses médecins, après avoir inutilement employé tous leurs remèdes pour le guérir, ne savaient plus que lui ordonner, lorsqu'un très-habile médecin, nommé Douban, arriva dans sa Cour.

Ce médecin avait puisé sa science dans les livres grecs, persans, turcs, arabes, latins, syriaques et hébreux ; et outre qu'il était consommé dans la philosophie, il connaissait parfaitement les bonnes et mauvaises qualités de toutes sortes de plantes et de drogues. Dès qu'il fut informé de la maladie du Roi, et qu'il eut appris que ses médecins l'avaient abandonné, il s'habilla le plus proprement qu'il lui fut possible, et trouva moyen de se faire présenter au Roi. « Sire, lui dit-il, je sais que tous les médecins dont Votre Majesté s'est servie, n'ont pu la guérir de sa lèpre; mais si vous voulez bien me faire l'honneur d'agréer mes services, je m'engage à vous guérir sans breuvage et sans topiques. » Le Roi écouta cette proposition. « Si vous êtes assez habile homme, répondit-il, pour faire ce que vous dites, je promets de vous enrichir, vous et votre postérité; et sans compter les présens que je vous ferai, vous serez mon plus cher favori. Vous m'assurez donc que vous m'ôterez ma lèpre, sans me faire prendre aucune potion, et sans m'appliquer aucun remède extérieur ? » « Oui, Sire, repartit le médecin, je me flatte d'y réussir, avec l'aide de Dieu; et dès demain j'en ferai l'épreuve. »

En effet, le médecin Douban se retira chez lui, et fit un mail qu'il creusa en

dedans par le manche, où il mit la dro-
gue dont il prétendait se servir. Cela étant
fait, il prépara aussi une boule de la manière qu'il la voulait, avec quoi il alla le
lendemain se présenter devant le Roi; et
se prosternant à ses pieds, il baisa la
terre....

En cet endroit Scheherazade, remarquant qu'il était jour, en avertit Schahriar,
et se tut: « En vérité, ma sœur, dit alors
Dinarzade, je ne sais où vous allez prendre tant de belles choses. » « Vous en entendrez bien d'autres demain, répondit
Scheherazade, si le Sultan mon maître
a la bonté de me prolonger encore la vie.»
Schahriar, qui ne désirait pas moins ar-
demment que Dinarzade d'entendre la
suite de l'histoire du médecin Douban,
n'eut garde de faire mourir la Sultane ce
jour-là.

XIIᵉ NUIT.

La douzième nuit était déjà fort avancée
lorsque Scheherazade reprit ainsi le fil de

l'histoire du Roi grec et du médecin Douban.

Sire, le pêcheur parlant toujours au Génie qu'il tenait enfermé dans le vase, poursuivit ainsi : « Le médecin Douban se leva, et après avoir fait une profonde révérence, dit au Roi qu'il jugeait à propos que Sa Majesté montât à cheval, et se rendît à la place pour jouer au mail. Le Roi fit ce qu'on lui disait; et lorsqu'il fut dans le lieu destiné à jouer au mail à cheval, le médecin s'approcha de lui avec le mail qu'il avait préparé, et le lui présentant : «Tenez, Sire, lui dit-il, exercez-
« vous avec ce mail, en poussant cette
« boule avec, par la place, jusqu'à ce que
« vous sentiez votre main et votre corps
« en sueur. Quand le remède que j'ai en-
« fermé dans le manche de ce mail sera
« échauffé par votre main, il vous péné-
« trera par tout le corps; et sitôt que vous
« suerez, vous n'aurez qu'à quitter cet
« exercice; car le remède aura fait son
« effet. Dès que vous serez de retour en
« votre palais, vous entrerez au bain, et
« vous vous ferez bien laver et frotter;

« vous vous coucherez ensuite; et en vous
« levant demain matin, vous serez guéri. »

Le Roi prit le mail, et poussa son
cheval après la boule qu'il avait jetée. Il la
frappa; elle lui fut renvoyée par les officiers qui jouaient avec lui; il la refrappa,
et enfin le jeu dura si long-temps, que sa
main en sua, aussi bien que tout son
corps. Ainsi le remède enfermé dans **le**
manche du mail opéra comme le médecin l'avait dit. Alors le Roi cessa de
jouer, s'en retourna dans son palais, entra
au bain, et observa très-exactement ce
qui lui avait été prescrit. Il s'en trouva
fort bien; car le lendemain, en se levant, il s'aperçut, avec autant d'étonnement que de joie, que sa lèpre était gué-
rie, et qu'il avait le corps aussi net que
s'il n'eût jamais été attaqué de cette maladie. D'abord qu'il fut habillé, il entra
dans la salle d'audience publique, où il
monta sur son trône, et se fit voir à tous
ses courtisans, que l'empressement d'apprendre le succès du nouveau remède y
avait fait aller de bonne heure. Quand
ils virent le Roi parfaitement guéri, ils

en firent tous paraître une extrême joie.

« Le médecin Douban entra dans la salle, et s'alla prosterner au pied du trône, la face contre terre. Le Roi l'ayant aperçu, l'appela, le fit asseoir à son côté, et le montra à l'assemblée, en lui donnant publiquement toutes les louanges qu'il méritait. Ce prince n'en demeura pas là; comme il régalait ce jour-là toute sa Cour, il le fit manger à table seul avec lui.....

A ces mots, Schéhérazade remarquant qu'il était jour, cessa de poursuivre son conte. « Ma sœur, dit Dinarzade, je ne sais quelle sera la fin de cette histoire; mais j'en trouve le commencement admirable. » « Ce qui reste à raconter en est le meilleur, répondit la Sultane; et je suis assurée que vous n'en disconviendrez pas, si le Sultan veut bien me permettre de l'achever la nuit prochaine. » Schahriar y consentit, et se leva fort satisfait de ce qu'il avait entendu.

~~~~~~

XIIIe NUIT.

VERS la fin de la nuit suivante, Scheherazade, pour contenter la curiosité de sa sœur Dinarzade, continua, avec la permission du Sultan, son seigneur, l'histoire du roi grec et du médecin Douban.

Le roi grec, poursuivit le pêcheur, ne se contenta pas de recevoir à sa table le médecin Douban; vers la fin du jour, lorsqu'il voulut congédier l'assemblée, il le fit revêtir d'une longue robe fort riche, et semblable à celle que portaient ordinairement ses courtisans en sa présence; outre cela, il lui fit donner deux mille sequins. Le lendemain et les jours suivans, il ne cessa de le caresser. Enfin, ce prince, croyant ne pouvoir jamais assez reconnaître les obligations qu'il avait à un médecin si habile, répandait sur lui tous les jours de nouveaux bienfaits.

Or, ce Roi avait un grand-visir qui était avare, envieux, et naturellement capable de toutes sortes de crimes. Il n'a-

vait pu voir sans peine les présens qui
avaient été faits au médecin, dont le mérite d'ailleurs commençait à lui faire om-
brage : il résolut de le perdre dans l'esprit du Roi. Pour y réussir, il alla trouver
ce prince, et lui dit, en particulier, qu'il
avait un avis de la dernière importance
à lui donner. Le Roi lui ayant demandé
ce que c'était : « Sire, lui dit-il, il est bien
dangereux à un monarque d'avoir de la
confiance en un homme dont il n'a point
éprouvé la fidélité. En comblant de bienfaits le médecin Douban, en lui faisant
toutes les caresses que Votre Majesté lui
fait, vous ne savez pas que c'est un traître
qui ne s'est introduit dans cette Cour que
pour vous assassiner. » « De qui tenez-
vous ce que vous m'osez dire ? répondit le
Roi. Songez-vous que c'est à moi que vous
parlez, et que vous avancez une chose que
je ne croirai pas légèrement ? » « Sire,
répliqua le visir, je suis parfaitement ins-
truit de ce que j'ai l'honneur de vous représenter. Ne vous reposez donc plus sur
une confiance dangereuse. Si Votre Majesté dort, qu'elle se réveille ; car enfin,

je le répète encore, le médecin Douban n'est parti du fond de la Grèce, son pays, il n'est venu s'établir dans votre Cour, que pour exécuter l'horrible dessein dont j'ai parlé. » « Non, non, visir, interrompit le Roi, je suis sûr que cet homme que vous traitez de perfide et de traître, est le plus vertueux et le meilleur de tous les hommes ; il n'y a personne au monde que j'aime autant que lui. Vous savez par quel remède, ou plutôt par quel miracle, il m'a guéri de ma lèpre ; s'il en veut à ma vie, pourquoi me l'a-t-il sauvée ? Il n'avait qu'à m'abandonner à mon mal ; je n'en pouvais échapper ; ma vie était déjà à moitié consumée. Cessez donc de vouloir m'inspirer d'injustes soupçons ; au lieu de les écouter, je vous avertis que je fais dès ce jour à ce grand homme, pour toute sa vie, une pension de mille sequins par mois. Quand je partagerais avec lui toutes mes richesses et mes États mêmes, je ne le payerais pas assez de ce qu'il a fait pour moi. Je vois ce que c'est, sa vertu excite votre envie ; mais ne croyez pas que je me laisse injustement prévenir contre lui ; je me souviens trop bien de ce qu'un visir dit au roi Sindbad, son maître, pour l'empêcher de faire mourir le prince son fils.... »

« Mais, sire, ajouta Scheherazade, le jour qui paraît me défend de poursuivre. » « Je sais bon gré au roi grec, dit Dinarzade, d'avoir eu la fermeté de rejeter la fausse accusation de son visir. » « Si vous louez aujourd'hui la fermeté de ce prince, interrompit Scheherazade, vous condamnerez demain sa faiblesse, si le Sultan veut bien que j'achève de raconter cette histoire. » Le Sultan, curieux d'apprendre en quoi le roi grec avait eu de la faiblesse, différa encore la mort de la Sultane.

XIVe NUIT.

« Ma sœur, s'écria Dinarzade sur la fin de la quatorzième nuit, reprenez, je vous prie, l'histoire du pêcheur, vous en êtes demeurée à l'endroit où le roi grec soutient l'innocence du médecin Douban, et prend si fortement son parti. » « Je m'en souviens, répondit Scheherazade ; vous en allez entendre la suite. »

Sire, continua-t-elle, en adressant toujours la parole à Scharhiar, ce que le roi grec venait de dire touchant le roi Sindbad, piqua la curiosité du visir, qui lui dit : « Sire, je supplie Votre Majesté de me pardonner si j'ai la hardiesse de lui demander ce que le visir du roi Sindbad dit à son maître pour le détourner de faire mourir le prince son fils. » Le roi grec eut la complaisance de le satisfaire. Ce visir, répondit-il, après avoir représenté au roi Sindbad que sur l'accusation d'une belle-mère, il devait craindre de faire une action dont il pût se repentir, lui conta cette histoire :

HISTOIRE

DU MARI ET DU PERROQUET.

Un bon homme avait une belle femme ; il l'aimait avec tant de passion, qu'il ne la perdait de vue que le moins qu'il pouvait. Un jour que des affaires pressantes l'obligeaient à s'éloigner d'elle , il alla dans un endroit où l'on vendait toutes sortes d'oiseaux ; il y acheta un perroquet, qui non-seulement parlait fort bien, mais qui avait même le don de rendre compte de tout ce qui avait été fait devant lui. Il l'apporta dans une cage au logis, pria sa femme de le mettre dans sa chambre et d'en prendre soin pendant le voyage qu'il allait faire ; après quoi il partit.

A son retour, il ne manqua pas d'interroger le perroquet sur ce qui s'était passé durant son absence ; et là-dessus l'oiseau lui apprit des choses qui lui donnèrent lieu de faire de grands reproches à sa femme. Elle crut que quelqu'une de ses esclaves l'avait trahie ; elles jurèrent toutes qu'elles lui avaient été fidèles, et elles convinrent qu'il fallait que ce fût le perroquet qui eût fait ces mauvais rapports.

Prévenue de cette opinion, la femme chercha dans son esprit un moyen de dé-

'truire les soupçons de son mari, et de se
venger en même temps du perroquet. Elle
le trouva : son mari étant parti pour faire
un voyage d'une journée, elle commanda
à une esclave de tourner pendant la nuit,
sous la cage de l'oiseau, un moulin à bras;
à une autre, de jeter de l'eau en forme de
pluie par le haut de la cage ; et à une
troisième, de prendre un miroir et de le
tourner devant les yeux du perroquet, à
droite et à gauche, à la clarté d'une chan-
delle. Les esclaves employèrent une
grande partie de la nuit à faire ce que
leur avait ordonné leur maîtresse, et elles
s'en acquittèrent fort adroitement.

Le lendemain, le mari étant de retour, fit encore des questions au perroquet sur ce qui s'était passé chez lui ;
l'oiseau lui répondit : « Mon bon maître,
les éclairs, le tonnerre et la pluie m'ont
tellement incommodé toute la nuit, que
je ne puis vous dire ce que j'en ai souf-
fert. » Le mari, qui savait bien qu'il n'a-
vait ni plu ni tonné cette nuit-là, demeura persuadé que le perroquet ne disant pas la vérité en cela, ne la lui avait

pas dite aussi au sujet de sa femme. C'est pourquoi, de dépit, l'ayant tiré de sa cage, il le jeta si rudement contre terre, qu'il le tua. Néanmoins, dans la suite, il apprit de ses voisins que le pauvre perroquet ne lui avait pas menti en lui parlant de la conduite de sa femme ; ce qui fut cause qu'il se repentit de l'avoir tué...»

Là s'arrêta Scheherazade, parce qu'elle s'aperçut qu'il était jour.

« Tout ce que vous nous racontez, ma sœur, dit Dinarzade, est si varié, que rien ne me paraît plus agréable. » « Je voudrais continuer de vous divertir, répondit Scheherazade ; mais je ne sais si le Sultan mon maître m'en donnera le temps. » Schahriar, qui ne prenait pas moins de plaisir que Dinarzade à entendre la Sultane, se leva, et passa la journée sans ordonner au visir de la faire mourir.

XVe NUIT.

DINARZADE ne fut pas moins exacte cette nuit que les précédentes, à réveiller Sche-

herazade, et à l'engager à lui conter un
de ces beaux contes qu'elle savait. « Ma
sœur, répondit la Sultane, je vais vous
donner cette satisfaction. » « Attendez,
interrompit le Sultan, achevez l'entretien
du roi grec avec son visir, au sujet du
médecin Douban, et puis vous continuerez l'histoire du pêcheur et du Génie. »
« Sire, repartit Scheherazade, vous allez
être obéi.» En même temps elle poursuivit
de cette manière :

Quand le roi grec, dit le pêcheur
au Génie, eut achevé l'histoire du perroquet : « Et vous, visir, ajouta-t-il, par
l'envie que vous avez conçue contre le
médecin Douban, qui ne vous a fait aucun mal, vous voulez que je le fasse mourir; mais je m'en garderai bien, de peur
de m'en repentir, comme ce mari d'avoir
tué son perroquet. » Le pernicieux visir
était trop intéressé à la perte du médecin
Douban pour en demeurer là. « Sire,
répliqua-t-il, la mort du perroquet était
peu importante, et je ne crois pas que
son maître l'ait regretté long-temps. Mais
pourquoi faut-il que la crainte d'oppri-

mer l'innocence vous empêche de faire
mourir ce médecin ! Ne suffit-il pas qu'on
l'accuse de vouloir attenter à votre vie,
pour vous autoriser à lui faire perdre la
sienne? Quand il s'agit d'assurer les jours
d'un roi, un simple soupçon doit passer
pour une certitude, et il vaut mieux
sacrifier l'innocence, que sauver le coupable. Mais, Sire, ce n'est point ici une
chose incertaine ; le médecin Douban
veut vous assassiner. Ce n'est point l'envie qui m'arme contre lui, c'est l'intérêt
seul que je prends à la conservation de
Votre Majesté ; c'est mon zèle qui me
porte à vous donner un avis d'une si
grande importance. S'il est faux, je mérite qu'on me punisse de la même manière
qu'on punit autrefois un visir. » « Qu'a-
vait fait ce visir, dit le roi grec, pour être
digne de ce châtiment ? » « Je vais,
répondit le visir, l'apprendre à Votre
Majesté ; qu'elle ait, s'il lui plaît, la
bonté de m'écouter.

HISTOIRE DU VISIR PUNI.

Il était autrefois un Roi, poursuivit-il, qui avait un fils qui aimait passionnément la chasse. Il lui permettait de prendre souvent ce divertissement; mais il avait donné ordre à son grand-visir de l'accom‑ pagner toujours, et de ne le perdre jamais de vue. Un jour de chasse, les piqueurs ayant lancé un cerf, le prince, qui crut que le visir le suivait, se mit après la bête. Il courut si long-temps, et son ardeur l'emporta si loin, qu'il se trouva seul. Il s'arrêta, et remarquant qu'il avait perdu la voie, il voulut retourner sur ses pas pour aller rejoindre le visir, qui n'avait pas été assez diligent pour le suivre de près; mais il s'égara. Pendant qu'il cou‑ rait de tous côtés sans tenir de route assurée, il rencontra au bord d'un che‑ min une dame assez bien faite, qui pleu‑ rait amèrement. Il retint la bride de son cheval, demanda à cette femme qui elle était, ce qu'elle faisait seule en cet endroit, et si elle avait besoin de secours. « Je suis, lui répondit-elle, la fille d'un roi des Indes. En me promenant à cheval dans la campagne, je me suis endormie, et je suis tombée. Mon cheval s'est échappé, et je ne sais ce qu'il est devenu. » Le jeune prince eut pitié d'elle, et lui proposa de la prendre en croupe ; ce qu'elle accepta.

Comme ils passaient près d'une masure, la dame ayant témoigné qu'elle serait bien aise de mettre pied à terre pour quelque nécessité, le prince s'arrêta et la laissa descendre. Il descendit aussi, s'approcha de la masure en tenant son cheval par la bride. Jugez quelle fut sa surprise, lorsqu'il entendit la dame en dedans prononcer ces paroles : « Réjouis- « sez-vous, mes enfans, je vous amène « un garçon bien fait et fort gras. » Et d'autres voix lui répondirent aussitôt : « Maman, où est-il, que nous le man- « gions tout à l'heure ; car nous avons « bon appétit ? »

Le prince n'eut pas besoin d'en entendre davantage, pour concevoir le

danger où il se trouvait. Il vit bien que la
dame, qui se disait fille d'un roi des Indes,
était une ogresse, femme de ces démons
sauvages, appelés ogres, qui se retirent
dans des lieux abandonnés, et se servent
de mille ruses pour surprendre et dévorer
les passans. Il fut saisi de frayeur, et se
jeta au plus vite sur son cheval. La pré-
tendue princesse parut dans le moment ;
et voyant qu'elle avait manqué son coup :
« Ne craignez rien, cria-t-elle au prince.
Qui êtes-vous ? Que cherchez-vous ? »
« Je suis égaré, répondit-il, et je cherche
mon chemin. » « Si vous êtes égaré, dit-
elle, recommandez-vous à Dieu, il vous
délivrera de l'embarras où vous vous
trouvez. » Alors le prince leva les yeux
au ciel... « Mais, Sire, dit Scheherazade
en cet endroit, je suis obligée d'interrompre mon discours ; le jour, qui paraît,
m'impose silence. » « Je suis fort en
peine, ma sœur, dit Dinarzade, de savoir ce que deviendra ce jeune prince,
je tremble pour lui. »

« Je vous tirerai demain d'inquiétude,
répondit la Sultane, si le Sultan veut bien

que je vive jusqu'à ce temps-là. » Schahriar, curieux d'apprendre le dénouement
de cette histoire, prolongea encore la
vie de Scheherazade.

XIVᵉ NUIT.

Dɪɴᴀʀᴢᴀᴅᴇ avait tant d'envie d'entendre
la fin de l'histoire du jeune prince, qu'elle
se réveilla cette nuit plus tôt qu'à l'ordinaire. « Ma sœur, dit-elle, achevez, je
vous prie, l'histoire que vous commençâtes hier : je m'intéresse au sort du jeune
prince, et je meurs de peur qu'il ne soit
mangé par l'ogresse et ses enfans. »Schahriar ayant marqué qu'il était dans la
même crainte : « Hé bien, Sire, dit la Sultane, je vais vous tirer de peine. »

Après que la fausse princesse des
Indes eut dit au jeune prince de se recom-
mander à Dieu, comme il crut qu'elle ne
lui parlait pas sincèrement, et qu'elle
comptait sur lui comme s'il eût déjà été
sa proie, il leva les mains au ciel, et
dit : « Seigneur, qui êtes tout - puissant,

jetez les yeux sur moi, et me délivrez de cette ennemie. » A cette prière, la femme de l'ogre rentra dans la masure, et le prince s'en éloigna avec précipitation. Heureusement il retrouva son chemin, et arriva sain et sauf auprès du Roi son père, auquel il raconta de point en point le danger qu'il venait de courir par la faute du grand-visir. Le Roi, irrité contre ce ministre, le fit étrangler à l'heure même.

« Sire, poursuivit le visir du roi grec, pour revenir au médecin Douban, si vous n'y prenez garde, la confiance que vous avez en lui vous sera funeste ; je sais de bonne part que c'est un espion envoyé par vos ennemis pour attenter à la vie de de Votre Majesté. Il vous a guéri, dites-vous ; hé ! qui peut vous en assurer ? Il ne vous a peut-être guéri qu'en apparence, et non radicalement. Que sait-on si ce remède, avec le temps, ne produira pas un effet pernicieux ? »

Le roi grec, qui avait naturellement fort peu d'esprit, n'eut pas assez de péné-tration pour s'apercevoir de la méchante intention de son visir, ni assez de fermeté pour persister dans son premier sentiment. Ce discours l'ébranla. «Visir, dit-il, tu as raison; il peut être venu exprès pour m'ôter la vie ; ce qu'il peut fort bien exécuter par la seule odeur de quelqu'une de ses drogues. Il faut voir ce qu'il est à propos de faire dans cette conjoncture. »

Quand le visir vit le Roi dans la disposition où il le voulait : « Sire, lui dit-il, le moyen le plus sûr et le plus prompt pour assurer votre repos et mettre votre vie en sûreté, c'est d'envoyer chercher tout à l'heure le médecin Douban, et de lui faire couper la tête d'abord qu'il sera arrivé. » « Véritablement, reprit le Roi, je crois que c'est par-là que je dois prévenir son dessein. » En achevant ces paroles, il appela un de ses officiers, et lui ordonna d'aller chercher le médecin, qui, sans savoir ce que le Roi lui voulait, courut au palais en diligence. « Sais-tu bien, dit le Roi en le voyant, pourquoi je te mande ici ? » « Non, Sire, répondit-il, et j'attends que Votre Majesté daigne m'en instruire. » « Je t'ai fait venir, reprit le

Roi, pour me délivrer de toi, en te faisant
ôter la vie. »

Il n'est pas possible d'exprimer quel
fut l'étonnement du médecin, lorsqu'il
entendit prononcer l'arrêt de sa mort.
« Sire, dit-il, quel sujet peut avoir Votre
Majesté de me faire mourir ? Quel crime
ai-je commis ? » « J'ai appris de bonne
part, répliqua le Roi, que tu es un espion,
et que tu n'es venu dans ma Cour que
pour attenter à ma vie ; mais pour te prévenir, je veux te ravir la tienne. Frappe,
ajouta-t-il au bourreau qui était présent,
et me délivre d'un perfide qui ne s'est
introduit ici que pour m'assassiner. »

A cet ordre cruel, le médecin jugea
bien que les honneurs et les bienfaits qu'il
avait reçus lui avaient suscité des ennemis, et que le faible Roi s'était laissé surprendre à leurs impostures. Il se repentait de l'avoir guéri de sa lèpre ; mais
c'était un repentir hors de saison. « Est-ce
ainsi, lui disait-il, que vous me récom-
pensez du bien que je vous ai fait ? » Le
Roi ne l'écouta pas, et ordonna une
seconde fois au bourreau de porter le

coup mortel. Le médecin eut recours aux prières. « Hélas, Sire, s'écria-t-il, prolongez-moi la vie, Dieu prolongera la vôtre ; ne me faites pas mourir, de crainte que Dieu ne vous traite de la même manière. »

Le pêcheur interrompit son discours en cet endroit, pour adresser la parole au Génie :« Hé bien, Génie, lui dit-il, tu vois que ce qui se passa alors entre le roi grec et le médecin Douban, vient tout à l'heure de se passer entre nous deux. »

Le roi grec, continua-t-il, au lieu d'avoir égard à la prière que le médecin venait de lui faire, en le conjurant au nom de Dieu, lui repartit avec dureté : « Non, non, c'est une nécessité absolue que je te fasse périr ; aussi bien pourrais-tu m'ôter la vie plus subtilement encore que tu ne m'as guéri. » Cependant le médecin, fondant en pleurs, et se plaignant pitoyablement de se voir si mal payé du service qu'il avait rendu au Roi, se prépara à recevoir le coup de la mort. Le bourreau lui banda les yeux, lui lia les mains, et se mit en devoir de tirer son sabre.

Alors les courtisans qui étaient présens, émus de compassion, supplièrent le Roi de lui faire grâce, assurant qu'il n'était pas coupable, et répondant de son innocence. Mais le Roi fut inflexible, et leur parla de sorte qu'ils n'osèrent lui répliquer.

Le médecin étant à genoux, les yeux bandés, et prêt à recevoir le coup qui devait terminer son sort, s'adressa encore une fois au Roi : « Sire, lui dit-il, puisque Votre Majesté ne veut point révoquer l'arrêt de ma mort, je la supplie du moins de m'accorder la liberté d'aller jusque chez moi donner ordre à ma sépulture, dire le dernier adieu à ma famille, faire des aumônes, et léguer mes livres à des personnes capables d'en faire un bon usage. J'en ai un entre autres dont je veux faire présent à Votre Majesté : c'est un livre fort précieux et très-digne d'être soigneusement gardé dans votre trésor. »

« Hé pourquoi ce livre est-il aussi précieux que tu le dis ? répliqua le Roi. »

« Sire, repartit le médecin, c'est qu'il
contient une infinité de choses curieuses,
dont la principale est que, quand on
m'aura coupé la tête, si Votre Majesté
veut bien se donner la peine d'ouvrir le
livre au sixième feuillet, et lire la troisième ligne de la page à main gauche,
ma tête répondra à toutes les questions
que vous voudrez lui faire. » Le Roi,
curieux de voir une chose si merveilleuse,
remit sa mort au lendemain, et l'envoya
chez lui sous bonne garde.

Le médecin, pendant ce temps-là,
mit ordre à ses affaires; et comme le bruit
s'était répandu qu'il devait arriver un
prodige inoui après son trépas, les vi-
sirs *, les émirs **, les officiers de la
garde, enfin toute la Cour se rendit le
jour suivant dans la salle d'audience pour
en être témoin.

On vit bientôt paraître le médecin

---

* Les membres du conseil dont le grand-visir
est le chef.

** Les premiers officiers civils.

Douban, qui s'avança jusqu'au pied du trône royal avec un gros livre à la main. Là, il se fit apporter un bassin, sur lequel il étendit la couverture dont le livre était enveloppé; et présentant le livre au Roi : « Sire, lui dit-il, prenez, s'il vous plaît, ce livre; et d'abord que ma tête sera coupée, commandez qu'on la pose dans le bassin sur la couverture du livre; dès qu'elle y sera, le sang cessera d'en couler : alors vous ouvrirez le livre, et ma tête répondra à toutes vos demandes. Mais, Sire, ajouta-t-il, permettez-moi d'implorer encore une fois la clémence de Votre Majesté; au nom de Dieu, laissez-vous fléchir; je vous proteste que je suis innocent. » « Tes prières, répondit le Roi, sont inutiles : et quand ce ne serait que pour entendre parler ta tête après ta mort, je veux que tu meures. » En disant cela, il prit le livre des mains du médecin, et ordonna au bourreau de faire son devoir.

La tête fut coupée si adroitement, qu'elle tomba dans le bassin; et elle fut à peine posée sur la couverture, que le

sang s'arrêta. Alors, au grand étonnement du Roi et de tous les spectateurs,
elle ouvrit les yeux ; et prenant la parole : « Sire, dit-elle, que Votre Majesté
ouvre le livre. » Le Roi l'ouvrit ; et trouvant que le premier feuillet était comme
collé contre le second, pour le tourner
avec plus de facilité, il porta le doigt à
sa bouche, et le mouilla de sa salive. Il
fit la même chose jusqu'au sixième feuillet; et ne voyant pas d'écriture à la page
indiquée : « Médecin, dit-il à la tête, il
n'y a rien d'écrit. » « Tournez encore
quelques feuillets, repartit la tête. » Le
Roi continua d'en tourner, en portant
toujours le doigt à sa bouche, jusqu'à ce
que le poison, dont chaque feuillet était
imbu, venant à faire son effet, ce prince
se sentit tout-à-coup agité d'un transport
extraordinaire ; sa vue se troubla, et il se
laissa tomber au pied de son trône avec
de grandes convulsions.....

A ces mots, Scheherazade apercevant
le jour, en avertit le Sultan, et cessa de
parler. « Ah! ma chère sœur, dit alors
Dinarzade, que je suis fâchée que vous

n'ayez pas le temps d'achever cette histoire ! Je serais inconsolable si vous perdiez la vie aujourd'hui. » « Ma sœur, répondit la Sultane, il en sera ce qu'il plaira au Sultan ; mais il faut espérer qu'il aura la bonté de suspendre ma mort jusqu'à demain. » Effectivement, Schahriar, loin d'ordonner son trépas ce jour-là, attendit la nuit prochaine avec impatience, tant il avait envie d'apprendre la fin de l'histoire du roi grec, et la suite de celle du pêcheur et du Génie.

XVIIe NUIT.

QUELQUE curiosité qu'eût Dinarzade d'entendre le reste de l'histoire du roi grec, elle ne se réveilla pas cette nuit de si bonne heure qu'à l'ordinaire ; il était même presque jour lorsqu'elle dit à la Sultane : « Ma chère sœur, je vous prie de continuer la merveilleuse histoire du roi grec ; mais hâtez-vous, de grâce, car le jour paraîtra bientôt. »

Scheherazade reprit aussitôt cette his-

toire, à l'endroit où elle l'avait laissée le
jour précédent. Sire, dit-elle, le pêcheur
continua ainsi : « Quand le médecin Douban, ou pour mieux dire sa tête, vit que
le poison faisait son effet, et que le Roi
n'avait plus que quelques momens à vivre : « Tyran ! s'écria - t - elle, voilà de
« quelle manière sont traités les princes
« qui, abusant de leur autorité, font pé-
« rir les innocens. Dieu punit tôt ou tard
« leurs injustices et leurs cruautés. » La
tête eut à peine achevé ces paroles, que
le Roi tomba mort, et qu'elle perdit elle-
même aussi le peu de vie qui lui restait.

« Sire, poursuivit Scheherazade, telle
fut la fin du roi grec et du médecin Douban. Il faut présentement venir à l'histoire du pêcheur et du Génie : mais ce
n'est pas la peine de commencer, car il
est jour. » Le Sultan, de qui toutes les
heures étaient réglées, ne pouvant l'é-
couter plus long-temps, se leva, et,
comme il voulait absolument entendre
la suite de l'histoire du Génie et du pêcheur, il avertit la Sultane de se préparer
à la lui raconter la nuit suivante.

XVIIIe NUIT.

DINARZADE se dédommagea cette nuit
de la précédente; elle se réveilla long-
temps avant le jour, et pria Scheherazade
de raconter la suite de l'histoire du pêcheur et du Génie, que le Sultan souhaitait, autant que Dinarzade, d'entendre.
« Je vais, répondit la Sultane, contenter
sa curiosité et la vôtre. » Alors s'adressant à Schahriar : Sire, poursuivit-elle, sitôt que le pêcheur eut fini l'histoire du
roi grec et du médecin Douban, il en fit
l'application au Génie, qu'il tenait toujours enfermé dans le vase.

Si le roi grec, lui dit-il, eût voulu
laisser vivre le médecin, Dieu l'aurait
aussi laissé vivre lui-même; mais il rejeta
ses plus humbles prières, et Dieu l'en punit. Il en est de même de toi, ô Génie!
Si j'avais pu te fléchir, et obtenir de toi la
grâce que je te demandais, j'aurais présentement pitié de l'état où tu es; mais
puisque, malgré l'extrême obligation que

tu m'avais de t'avoir mis en liberté ; tu as
persisté dans la volonté de me tuer, je
dois, à mon tour, être impitoyable. Je
vais, en te laissant dans ce vase et en te
rejetant à la mer, t'ôter l'usage de la vie
jusqu'à la fin des temps : c'est la vengeance que je prétends tirer de toi. »

« Pêcheur, mon ami, répondit le Génie, je te conjure encore une fois de ne
pas faire une si cruelle action. Songe qu'il
n'est pas honnête de se venger, et qu'au
contraire, il est louable de rendre le bien
pour le mal. Ne me traites pas comme
Imma traita autrefois Ateca. » « Et que
fit Imma à Ateca ? répliqua le pêcheur. »
« Oh ! si tu souhaites de le savoir, repartit le Génie, ouvre-moi ce vase ; crois-tu
que je sois en humeur de faire des contes
dans une prison si étroite ? Je t'en ferai
tant que tu voudras, quand tu m'auras
tiré d'ici. » « Non, dit le pêcheur, je ne
te délivrerai pas : c'est trop raisonner, je
vais te précipiter au fond de la mer. »
« Encore un mot, pêcheur, s'écria le Génie ; je te promets de ne te faire aucun
mal ; bien éloigné de cela, je t'enseignerai

un moyen de devenir puissamment riche.»

L'espérance de se tirer de la pauvreté
désarma le pêcheur. « Je pourrais t'écouter, dit-il, s'il y avait quelque fond à
faire sur ta parole : jure-moi, par le grand
nom de Dieu, que tu feras de bonne foi
ce que tu dis, et je vais t'ouvrir le vase.
Je ne crois pas que tu sois assez hardi
pour violer un pareil serment. » Le Génie le fit, et le pêcheur ôta aussitôt le
couvercle du vase. Il en sortit à l'instant
de la fumée ; et le Génie ayant repris sa
forme de la même manière qu'auparavant, la première chose qu'il fit fut de
jeter, d'un coup de pied, le vase dans la
mer. Cette action effraya le pêcheur.
« Génie, dit-il, qu'est-ce que cela signifie ? Ne voulez-vous pas garder le
serment que vous venez de faire ? et dois-
je vous dire ce que le médecin Douban
disait au roi grec : « Laissez-moi vivre,
et Dieu prolongera vos jours ? »

La crainte du pêcheur fit rire le Génie,
qui lui répondit : « Non, pêcheur, ras-
sure-toi ; je n'ai jeté le vase que pour me
divertir, et voir si tu en serais alarmé ;

et pour te persuader que je veux te tenir
parole, prends tes filets, et me suis. » En
prononçant ces mots, il se mit à marcher
devant le pêcheur, qui, chargé de ses
filets, le suivit avec une sorte de défiance.
Ils passèrent devant la ville, et montèrent au haut d'une montagne, d'où ils
descendirent dans une vaste plaine qui
les conduisit à un étang situé entre quatre
collines.

Lorsqu'ils furent arrivés au bord de
l'étang, le Génie dit au pêcheur : « Jette
tes filets, et prends du poisson. » Le pêcheur ne douta point qu'il n'en prît ; car
il en vit une grande quantité dans l'étang :
mais ce qui le surprit extrêmement, c'est
qu'il remarqua qu'il y en avait de quatre
couleurs différentes ; c'est-à-dire de blancs,
de rouges, de bleus et de jaunes. Il jeta
ses filets, et en amena quatre, dont chacun était d'une de ces couleurs. Comme
il n'en avait jamais vu de pareils, il ne
pouvait se lasser de les admirer ; et jugeant qu'il en pourrait tirer une somme
assez considérable, il en avait beaucoup
de joie. « Emporte ces poissons, lui dit le

Génie, et va les présenter à ton Sultan;
il t'en donnera plus d'argent que tu n'en
as manié en toute ta vie. Tu pourras venir tous les jours pêcher en cet étang;
mais je t'avertis de ne jeter tes filets
qu'une fois chaque jour; autrement il t'en
arrivera du mal, prends-y garde. C'est
l'avis que je te donne : si tu le suis exactement, tu t'en trouveras bien. » En disant cela, il frappa du pied la terre, qui
s'ouvrit, et se referma après l'avoir en-
glouti.

Le pêcheur, résolu à suivre de point
en point les conseils du Génie, se garda
bien de jeter une seconde fois ses filets.
Il reprit le chemin de la ville, fort content de sa pêche, et faisant mille réflexions sur son aventure. Il alla droit au
palais du Sultan pour lui présenter ses
poissons.....

« Mais, Sire, dit Scheherazade, j'aperçois le jour; il faut que je m'arrête en cet
endroit. » « Ma sœur, dit alors Dinarzade, que les derniers événemens que
vous venez de raconter sont surprenans!
J'ai de la peine à croire que vous puissiez

désormais nous en apprendre d'autres qui le soient davantage. » « Ma chère sœur, répondit la Sultane, si le Sultan, mon maître, me laisse vivre jusqu'à demain, je suis persuadée que vous trouverez la suite de l'histoire du pêcheur encore plus merveilleuse que le commencement, et incomparablement plus agréable. » Schahriar, curieux de voir si le reste de l'histoire du pêcheur était tel que la Sultane le promettait, différa encore l'exécution de la loi cruelle qu'il s'était faite.

XIXe NUIT.

VERS la fin de la dix-neuvième nuit, Dinarzade appela la Sultane, et lui dit : « Ma sœur, je suis dans une extrême impatience d'entendre la suite de l'histoire du pêcheur ; racontez-nous-la, en attendant que le jour paraisse. » Scheherazade, avec la permission du Sultan, la reprit aussitôt de cette sorte :

Sire, je laisse à penser à votre Majesté quelle fut la surprise du Sultan lorsqu'il

vit les quatre poissons que le pêcheur lui
présenta. Il les prit l'un après l'autre
pour les considérer avec attention ; et
après les avoir admirés assez long-temps :
« Prenez ces poissons, dit-il à son premier visir, et les portez à l'habile cuisinière que l'empereur des Grecs m'a en-
voyée ; je m'imagine qu'ils ne seront pas
moins bons qu'ils sont beaux. » Le visir
les porta lui-même à la cuisinière ; et les
lui remettant entre les mains : « Voilà,
lui dit-il, quatre poissons qu'on vient
d'apporter au Sultan : il vous ordonne de
les lui apprêter. » Après s'être acquitté de
cette commission, il retourna vers le Sultan son maître, qui le chargea de donner
au pêcheur quatre cents pièces d'or de sa
monnaie ; ce qu'il exécuta très-fidèlement.
Le pêcheur, qui n'avait jamais possédé
une si grande somme à la fois, concevait
à peine son bonheur, et le regardait
comme un songe. Mais il connut dans la
suite qu'il était réel, par le bon usage
qu'il en fit, en l'employant aux besoins
de sa famille.

Mais, Sire, poursuivit Scheherazade,

après vous avoir parlé du pêcheur, il faut vous parler aussi de la cuisinière du Sultan, que nous allons trouver dans un grand embarras. D'abord qu'elle eut nettoyé les poissons que le visir lui avait donnés, elle les mit sur le feu dans une casserole avec de l'huile pour les frire; lorsqu'elle les crut assez cuits d'un côté, elle les tourna de l'autre. Mais, ô prodige inoui! à peine furent-ils tournés, que le mur de la cuisine s'entrouvrit. Il en sortit une jeune dame d'une beauté admirable, et d'une taille avantageuse : elle était habillée d'une étoffe de satin à fleurs, façon d'Egypte, avec des pendans d'oreilles, un collier de grosses perles, des bracelets d'or garnis de rubis; et elle tenait une baguette de myrte à la main. Elle s'approcha de la casserole, au grand étonnement de la cuisinière, qui demeura immobile à cette vue; et frappant un des poissons du bout de sa baguette : « Poisson, poisson, lui dit-elle, es-tu dans ton devoir? » Le poisson n'ayant rien répondu, elle répéta les mêmes paroles, et alors les quatre poissons levèrent la tête tous

ensemble, et lui dirent très - distinctement : « Oui, oui, si vous comptez, nous
« comptons; si vous payez vos dettes,
« nous payons les nôtres; si vous fuyez,
« nous vainquons, et nous sommes con-
« tens. » Dès qu'ils eurent achevé ces
mots, la jeune dame renversa la casserole, et rentra dans l'ouverture du mur,
qui se referma aussitôt, et se remit dans
le même état où il était auparavant.

La cuisinière, que toutes ces merveilles
avaient épouvantée, étant revenue de sa
frayeur, alla relever les poissons qui
étaient tombés sur la braise; mais elle les
trouva plus noirs que du charbon, et hors
d'état d'être servis au Sultan. Elle en eut
une vive douleur; et se mettant à pleurer
de toute sa force : « Hélas! disait-elle,
que vais-je devenir? Quand je conterai au
Sultan ce que j'ai vu, je suis assurée qu'il
ne me croira point. Dans quelle colère
ne sera-t-il pas contre moi ? »

« Pendant qu'elle s'affligeait ainsi, le
grand-visir entra, et lui demanda si les
poissons étaient prêts. Elle lui raconta
tout ce qui lui était arrivé; et ce récit,

comme on peut le penser, l'étonna fort ; mais sans en parler au Sultan, il inventa une excuse qui le contenta. Cependant il envoya chercher le pêcheur à l'heure même ; et quand il fut arrivé : « Pêcheur, lui dit-il, apporte-moi quatre autres poissons qui soient semblables à ceux que tu as déjà apportés ; car il est survenu certain malheur qui a empêché qu'on ne les ait servis au Sultan. » Le pêcheur ne lui dit pas ce que le Génie lui avait recommandé ; mais, pour se dispenser de fournir ce jour-là les poissons qu'on lui demandait, il s'excusa sur la longueur du chemin, et promit de les apporter le lendemain matin.

Effectivement, le pêcheur partit durant la nuit, et se rendit à l'étang. Il y jeta ses filets, et les ayant retirés, il y trouva quatre poissons qui étaient comme les autres, chacun d'une couleur différente. Il s'en retourna aussitôt, et les porta au grand-visir dans le temps qu'il les lui avait promis. Ce ministre les prit et les porta lui-même encore dans la cuisine, où il s'enferma seul avec la cuisi-

nière, qui commença à les habiller devant
lui, et qui les mit sur le feu, comme elle
avait fait des quatre autres le jour précédent. Lorsqu'ils furent cuits d'un côté, et
qu'elle les eut tournés de l'autre, le mur
de la cuisine s'entrouvrit encore, et la
même dame parut avec sa baguette à la
main; elle s'approcha de la casserole,
frappa un des poissons, lui adressa les
mêmes paroles, et ils lui firent tous la
même réponse en levant la tête.

Mais, Sire, ajouta Scheherazade, en
se reprenant, voilà le jour qui paraît, et
qui m'empêche de continuer cette histoire. Les choses que je viens de vous
dire sont, à la vérité, très-singulières;
mais, si je suis en vie demain, je vous en
dirai d'autres qui sont encore plus dignes
de votre attention. » Schahriar, jugeant
bien que la suite devait être fort curieuse,
résolut de l'entendre la nuit suivante.

XXᵉ NUIT.

« MA chère sœur, s'écria Dinarzade,
suivant sa coutume, si vous ne dormez

pas, je vous prie de poursuivre, et d'a-
chever le beau conte du pêcheur. » La
Sultane prit aussitôt la parole, et parla
en ces termes :

Sire, après que les quatre poissons eurent répondu à la jeune dame, elle renversa encore la casserole d'un coup de
baguette, et se retira dans le même endroit de la muraille d'où elle était sortie.
Le grand-visir ayant été témoin de ce qui
s'était passé : « Cela est trop surprenant,
dit-il, et trop extraordinaire pour en faire
un mystère au Sultan; je vais de ce pas
l'informer de ce prodige. » En effet, il
l'alla trouver, et lui fit un rapport fidèle.

Le Sultan, fort surpris, marqua beaucoup d'empressement de voir cette mer-
veille. Pour cet effet, il envoya chercher
le pêcheur. « Mon ami, lui dit - il, ne
pourrais-tu pas m'apporter encore quatre
poissons de diverses couleurs ? » Le pêcheur répondit au Sultan que si Sa Majesté voulait lui accorder trois jours pour
faire ce qu'elle désirait, il se promettait
de la contenter. Les ayant obtenus, il alla
à l'étang pour la troisième fois, et il

ne fut pas moins heureux que les deux
autres; car, du premier coup de filet, il
prit quatre poissons de couleur différente.
Il ne manqua pas de les porter à l'heure
même au Sultan, qui en eut d'autant plus
de joie, qu'il ne s'attendait pas à les avoir
si tôt, et qui lui fit donner encore quatre
cents pièces de sa monnaie.

D'abord que le Sultan eut les poissons,
il les fit porter dans son cabinet avec tout
ce qui était nécessaire pour les faire
cuire. Là, s'étant enfermé avec son grand-
visir, ce ministre les habilla, les mit ensuite sur le feu dans une casserole; et
quand ils furent cuits d'un côté, il les retourna de l'autre. Alors le mur du cabinet
s'entrouvrit; mais, au lieu de la jeune
dame, ce fut un noir qui en sortit. Ce noir
avait un habillement d'esclave; il était
d'une grosseur et d'une grandeur gigan-
tesques, et tenait un gros bâton vert à la
main. Il s'avança jusqu'à la casserole; et
touchant de son bâton un des poissons,
il lui dit d'une voix terrible : « Poisson,
poisson, es-tu dans ton devoir? » A ces
mots, les poissons levèrent la tête, et

répondirent : « Oui, oui, nous y sommes ;
« si vous comptez, nous comptons ; si
« vous payez vos dettes, nous payons les
« nôtres ; si vous fuyez, nous vainquons,
« et nous sommes contens. »

Les poissons eurent à peine achevé ces
paroles, que le noir renversa la casserole
au milieu du cabinet, et réduisit les poissons en charbon. Cela étant fait, il se retira fièrement, et rentra dans l'ouverture
du mur, qui se referma, et qui parut dans
le même état qu'auparavant. « Après ce
que je viens de voir, dit le Sultan à son
grand-visir, il ne me sera pas possible
d'avoir l'esprit en repos. Ces poissons,
sans doute, signifient quelque chose d'extraordinaire dont je veux être éclairci. »
Il envoya chercher le pêcheur ; on le lui
amena. « Pêcheur, lui dit-il, les poissons
que tu nous a apportés me causent bien
de l'inquiétude. En quel endroit les as-tu
pêchés ? » « Sire, répondit-il, je les ai
pêchés dans un étang qui est situé entre
quatre collines, au-delà de la montagne
que l'on voit d'ici. » « Connaissez-vous
cet étang ? dit le Sultan à son grand-visir. »

«Non, Sire, répondit le visir, je n'en ai jamais ouï parler; il y a pourtant soixante ans que je chasse aux environs et au-delà de cette montagne. » Le Sultan demanda au pêcheur à quelle distance de son palais était l'étang. Le pêcheur assura qu'il n'y avait pas plus de trois heures de chemin. Sur cette assurance, et comme il restait encore assez de jour pour y arriver avant la nuit, le Sultan commanda à toute sa Cour de monter à cheval, et le pêcheur leur servit de guide.

Ils montèrent tous la montagne; et, à la descente, ils virent, avec beaucoup de surprise, une vaste plaine que personne n'avait remarquée jusqu'alors. Enfin, ils arrivèrent à l'étang, qu'ils trouvèrent effectivement situé entre quatre collines, comme le pêcheur l'avait rapporté. L'eau en était si transparente, qu'ils remarquèrent que tous les poissons étaient semblables à ceux que le pêcheur avait apportés au palais.

Le Sultan s'arrêta sur le bord de l'étang; et, après avoir quelque temps regardé les poissons avec admiration, il demanda à ses émirs et à tous les courtisans s'il était possible qu'ils n'eussent pas encore vu cet étang, qui était si peu éloigné de la ville. Ils lui répondirent qu'ils n'en avaient jamais entendu parler. « Puisque vous convenez tous, leur dit-il, que vous n'en avez jamais ouï parler, et que je ne suis pas moins étonné que vous de cette nouveauté, je suis résolu à ne point rentrer dans mon palais, que je n'aie su pour quelle raison cet étang se trouve ici, et pourquoi il n'y a dedans que des poissons de quatre couleurs. » Après avoir dit ces paroles, il ordonna de camper, et aussitôt son pavillon et les tentes de sa maison furent dressés sur le bord de l'étang.

A l'entrée de la nuit, le Sultan, retiré sous son pavillon, parla en particulier à son grand-visir, et lui dit : « Visir, j'ai l'esprit dans une étrange inquiétude : cet étang transporté dans ces lieux, ce noir qui nous est apparu dans mon cabinet, ces poissons que nous avons entendu parler ; tout cela irrite tellement ma curiosité, que je ne puis résister à l'impatience de la satisfaire. Pour cet effet, je médite un dessein que je veux absolument exécuter. Je vais seul m'éloigner de ce camp ; je vous ordonne de tenir mon absence secrète. Demeurez sous mon pavillon ; et demain matin, quand mes émirs et mes courtisans se présenteront à l'entrée, renvoyez-les, en leur disant que j'ai une légère indisposition, et que je veux être seul. Les jours suivans vous continuerez de leur dire la même chose, jusqu'à ce que je sois de retour.

Le grand-visir dit plusieurs choses au Sultan, pour tâcher de le détourner de son dessein : il lui représenta le danger auquel il s'exposait, et la peine qu'il allait prendre, peut-être inutilement. Mais il eut beau épuiser son éloquence, le Sultan ne renonça point à sa résolution, et se prépara à l'exécuter. Il prit un habillement commode pour marcher à pied ; il se munit d'un sabre, et, dès qu'il vit que que tout était tranquille dans son camp, il partit sans être accompagné de personne.

Il tourna ses pas vers une des collines,

qu'il monta sans beaucoup de peine. Il en trouva la descente encore plus aisée; et, lorsqu'il fut dans la plaine, il marcha jusqu'au lever du soleil. Alors, apercevant de loin devant lui un grand édifice, il s'en réjouit, dans l'espérance d'y pouvoir apprendre ce qu'il voulait savoir. Quand il en fut près, il remarqua que c'était un palais magnifique, ou plutôt un château très-fort, d'un beau marbre noir, poli, et couvert d'un acier fin et uni comme une glace de miroir. Ravi de n'avoir pas été long-temps sans rencontrer quelque chose digne au moins de sa curiosité, il s'arrêta devant la façade du château, et la considéra avec beaucoup d'attention.

Il s'avança ensuite jusqu'à la porte, qui était à deux battans, dont l'un était ouvert. Quoiqu'il lui fût libre d'entrer, il crut néanmoins devoir frapper. Il frappa un coup assez légèrement, et attendit quelque temps. Ne voyant venir personne, il s'imagina qu'on ne l'avait pas entendu; c'est pourquoi il frappa un second coup plus fort; mais ne voyant ni n'entendant personne, il redoubla; per-

sonne ne parut encore. Cela le surprit
extrêmement ; car il ne pouvait penser
qu'un château si bien entretenu fût abandonné. « S'il n'y a personne, disait-il en
lui-même, je n'ai rien à craindre ; et s'il
y a quelqu'un, j'ai de quoi me défendre. »

Enfin le Sultan entra ; et s'avançant
sous le vestibule : « N'y a-t-il personne
ici, s'écria-t-il, pour recevoir un étranger
qui aurait besoin de se rafraîchir en passant ? » Il répéta la même chose deux ou
trois fois ; mais, quoiqu'il parlât fort haut,
personne ne lui répondit. Ce silence augmenta son étonnement. Il passa dans une
cour très-spacieuse, et regardant de tous
côtés pour voir s'il ne découvrirait point
quelqu'un, il n'aperçut pas le moindre
être vivant.

« Mais, Sire, dit Schéherazade en cet
endroit, le jour, qui paraît, vient m'imposer silence. » « Ah ! ma sœur, dit Dinarzade, vous nous laissez au plus bel endroit. » « Il est vrai, répondit la Sultane ; mais, ma sœur, vous en voyez la
nécessité. Il ne tiendra qu'au Sulan, mon
seigneur, que vous entendiez le reste

demain. « Ce ne fut pas tant pour faire
plaisir à Dinarzade, que Schahriar laissa
vivre encore la Sultane, que pour contenter la curiosité qu'il avait d'apprendre ce
qui se passait dans le château.

XXIᵉ NUIT.

Dinarzade ne fut pas paresseuse à réveiller la Sultane sur la fin de cette nuit :
« Ma chère sœur, lui dit-elle, je vous
prie de nous raconter ce qui se passa dans
ce beau château où vous nous laissâtes
hier. » Scheherazade reprit aussitôt le
conte du jour précédent, et s'adressant
toujours à Schahriar : Sire, dit-elle, le
Sultan ne voyant donc personne dans la
cour où il était, entra dans de grandes
salles, dont les tapis de pied étaient de
soie, les estrades et les sofas couverts d'é-
toffe de la Mecque, et les portières, des
plus riches étoffes des Indes, relevées
d'or et d'argent. Il passa ensuite dans un
salon merveilleux, au milieu duquel il y
avait un grand bassin avec un lion d'or

massif à chaque coin. Les quatre lions jetaient de l'eau par la gueule, et cette eau,
en tombant, formait des diamans et des
perles ; ce qui n'accompagnait pas mal un
jet d'eau, qui, s'élançant du milieu du
bassin, allait presque frapper le fond d'un
dôme peint à l'arabesque.

Le château, de trois côtés, était environné d'un jardin, que les parterres, les
pièces d'eau, les bosquets et mille autres
agrémens concouraient à embellir ; et ce
qui achevait de rendre ce lieu admirable,
c'était une infinité d'oiseaux, qui y remplissaient l'air de leurs chants harmo-
nieux, et qui y faisaient toujours leur demeure, parce que des filets, tendus au-
dessus des arbres et du palais, les empê-
chaient d'en sortir.

Le Sultan se promena long-temps d'appartemens en appartemens, où tout lui
parut grand et magnifique. Lorsqu'il fut
las de marcher, il s'assit dans un cabinet
ouvert, qui avait vue sur le jardin ; et là,
rempli de tout ce qu'il avait déjà vu, et
de tout ce qu'il voyait encore, il faisait
des réflexions sur tous ces différens objets,

quand tout-à-coup une voix plaintive,
accompagnée de cris lamentables, vint
frapper son oreille. Il écouta avec attention, et il entendit distinctement ces tristes paroles : « O Fortune, qui n'as pu me
« laisser jouir long-temps d'un heureux
« sort, et qui m'as rendu le plus infortuné
« de tous les hommes, cessé de me persé-
« cuter, et viens, par une prompte mort,
« mettre fin à mes douleurs. Hélas! est-
« il possible que je sois encore en vie
« après tous les tourmens que j'ai souf-
« ferts! »

Le Sultan, touché de ces pitoyables
plaintes, se leva pour aller du côté d'où
elles étaient parties. Lorsqu'il fut à la
porte d'une grande salle, il ouvrit la portière, et vit un jeune homme bien fait, et
très-richement vêtu, qui était assis sur un
trône un peu élevé de terre. La tristesse
était peinte sur son visage. Le Sultan
s'approcha de lui, et le salua. Le jeune
homme lui rendit son salut, en lui faisant une inclination de tête fort basse; et
comme il ne se levait pas : «Seigneur,
dit-il au Sultan, je juge bien que vous

méritez que je me lève pour vous recevoir, et vous rendre tous les honneurs
possibles ; mais une raison si forte s'y op-
pose, que vous ne devez pas m'en savoir
mauvais gré. » «Seigneur, lui répondit
le Sultan, je vous suis fort obligé de la
bonne opinion que vous avez de moi.
Quant au sujet que vous avez de ne pas
vous lever, quelle que puisse être votre
excuse, je la reçois de fort bon cœur.
Attiré par vos plaintes, pénétré de vos
peines, je viens vous offrir mon secours.
Plût à Dieu qu'il dépendît de moi d'apporter du soulagement à vos maux, je
m'y emploierais de tout mon pouvoir. Je
me flatte que vous voudrez bien me raconter l'histoire de vos malheurs; mais,
de grâce, apprenez-moi auparavant ce que
signifie cet étang qui est près d'ici, et où
l'on voit des poissons de quatre couleurs
différentes ; ce que c'est que ce château ;
pourquoi vous vous y trouvez, et d'où
vient que vous y êtes seul. « Au lieu de
répondre à ces questions, le jeune homme
se mit à pleurer amèrement. «Que la
« Fortune est inconstante! s'écria-t-il :

« elle se plaît à abaisser les hommes
« qu'elle a élevés. Où sont ceux qui jouis-
« sent tranquillement d'un bonheur qu'ils
« tiennent d'elle, et dont les jours sont
« toujours purs et sereins ? »

Le Sultan, ému de compassion de le
voir en cet état, le pria très-instamment
de lui dire le sujet d'une si grande douleur.
« Hélas ! Seigneur, lui répondit le jeune
homme, comment pourrais-je ne pas être
affligé ; et le moyen que mes yeux ne
soient pas des sources intarissables de
larmes ? » A ces mots, ayant levé sa robe,
il fit voir au Sultan qu'il n'était homme
que depuis la tête jusqu'à la ceinture, et
que l'autre moitié de son corps était de
marbre noir....

En cet endroit, Scheherazade interrompit son discours, pour faire remarquer au
sultan des Indes que le jour paraissait.
Schahriar fut tellement charmé de ce qu'il
venait d'entendre, et il se sentit si fort attendri en faveur de Scheherazade, qu'il
résolut de la laisser vivre pendant un mois.
Il se leva néanmoins à son ordinaire, sans
lui parler de sa résolution.

XXIIe NUIT.

DINARZADE avait tant d'impatience d'entendre la suite du conte de la nuit précédente, qu'elle appela sa sœur de fort bonne heure, en la suppliant de continuer le merveilleux conte qu'elle n'avait pu achever la veille. « J'y consens, répondit la Sultane ; écoutez-moi : »

Vous jugez bien, poursuivit-elle, que le Sultan fut étrangement étonné, quand il vit l'état déplorable où était le jeune homme. » « Ce que vous montrez là, lui dit-il, en me donnant de l'horreur, irrite ma curiosité. Je brûle d'apprendre votre histoire, qui doit être, sans doute, fort étrange ; et je suis persuadé que l'étang et les poissons y ont quelque part : ainsi, je vous conjure de me la raconter ; vous y trouverez quelque sorte de consolation, puisqu'il est certain que les malheureux trouvent une espèce de soulagement à conter leurs malheurs. » « Je ne veux pas vous refuser cette satisfaction, repartit le jeune homme, quoique je ne puisse vous la donner sans renouveler mes vives douleurs ; mais je vous avertis par avance de préparer vos oreilles, votre esprit et vos yeux mêmes à des choses qui surpassent tout ce que l'imagination peut concevoir de plus extraordinaire. »

HISTOIRE

DU JEUNE ROI DES ILES NOIRES.

Vous saurez, Seigneur, continua-t-il, que mon père, qui s'appelait Mahmoud, était Roi de cet Etat. C'est le royaume des Iles Noires, qui prend son nom des quatre petites montagnes voisines ; car ces montagnes étaient ci-devant des îles ; et la capitale où le Roi mon père faisait son séjour, était dans l'endroit où est présentement cet étang que vous avez vu. La suite de mon histoire vous instruira de tous ces changemens.

Le Roi mon père mourut à l'âge de soixante-dix ans. Je n'eus pas plutôt pris sa

place, que je me mariai; et la personne
que je choisis pour partager la dignité
royale avec moi, était ma cousine. J'eus
tout lieu d'être content des marques d'a-
mour qu'elle me donna; et, de mon côté,
je conçus pour elle tant de tendresse, que
rien n'était comparable à notre union, qui
dura cinq années. Au bout de ce temps-là,
je m'aperçus que la Reine ma cousine n'a-
vait plus de goût pour moi.

Un jour, qu'elle était au bain l'après-
dînée, je me sentis une envie de dormir, et
je me jetai sur un sofa. Deux de ses femmes,
qui se trouvèrent alors dans ma chambre,
vinrent s'asseoir, l'une à ma tête, et l'autre
à mes pieds, avec un évantail à la main,
tant pour modérer la chaleur, que pour
me garantir des mouches qui auraient pu
troubler mon sommeil. Elles me croyaient
endormi, et elles s'entretenaient tout bas;
mais j'avais seulement les yeux fermés, et
je ne perdis pas une parole de leur conversation.

Une de ces femmes dit à l'autre:
«N'est-il pas vrai que la Reine a grand'tort
de ne pas aimer un prince aussi aimable

que le nôtre ? » « Assurément, répondit la seconde. Pour moi, je n'y comprends rien, et je ne sais pourquoi elle sort toutes les nuits, et le laisse seul. Est-ce qu'il ne s'en aperçoit pas ? » « Hé, comment voudrais-tu qu'il s'en aperçût ? reprit la première ; elle mêle tous les soirs dans sa boisson un certain suc d'herbe qui le fait dormir toute la nuit d'un sommeil si profond, qu'elle a le temps d'aller où il lui plaît ; et, à la pointe du jour, elle vient se recoucher auprès de lui ; alors elle le réveille, en lui passant sous le nez une certaine odeur. »

Jugez, Seigneur, de ma surprise à ce discours, et des sentimens qu'il m'inspira. Néanmoins, quelque émotion qu'il me pût causer, j'eus assez d'empire sur moi pour dissimuler : je fis semblant de m'éveiller et de n'avoir rien entendu.

La Reine revint du bain ; nous soupâmes ensemble, et avant que de nous coucher, elle me présenta elle-même la tasse pleine d'eau que j'avais coutume de boire : mais au lieu de la porter à ma bouche, je m'approchai d'une fenêtre qui était ouverte, et je jetai l'eau si adroitement, qu'elle ne s'en aperçut pas. Je lui remis ensuite la tasse entre les mains, afin qu'elle ne doutât point que je n'eusse bu.

Nous nous couchâmes ensuite ; et bientôt après, croyant que j'étais endormi, quoique je ne le fusse pas, elle se leva avec si peu de précaution, qu'elle dit assez haut : « Dors, et puisses-tu ne te réveiller jamais ! » Elle s'habilla promptement, et sortit de la chambre..... »

En achevant ces mots, Scheherazade s'étant aperçue qu'il était jour, cessa de parler. Dinarzade avait écouté sa sœur avec beaucoup de plaisir. Schahriar trouvait l'histoire du roi des Iles Noires si digne de sa curiosité, qu'il se leva fort impatient d'en apprendre la suite la nuit suivante.

XXIIIe NUIT.

Une heure avant le jour, Dinarzade s'étant réveillée, ne manqua pas de prier la Sultane, sa chère sœur, de continuer l'histoire du jeune roi des quatre Iles Noires. Scheherazade, rappelant aussitôt dans sa mémoire l'endroit où elle en était demeurée, la reprit en ces termes :

D'abord que la Reine ma femme fut sortie, poursuivit le roi des Iles Noires, je me levai et m'habillai à la hâte ; je pris mon sabre, et la suivis de si près, que je l'entendis bientôt marcher devant moi. Alors, réglant mes pas sur les siens, je marchai doucement, de peur d'en être entendu. Elle passa par plusieurs portes qui s'ouvrirent par la vertu de certaines paroles magiques qu'elle prononça, et la dernière qui s'ouvrit fut celle du jardin, où elle entra. Je m'arrêtai à cette porte, afin qu'elle ne pût m'apercevoir pendant qu'elle traversait un parterre ; et la conduisant des yeux autant que l'obscurité me le permettait, je remarquai qu'elle entra dans un petit bois dont les allées étaient bordées de palissades fort épaisses. Je m'y rendis par un autre chemin ; et me glissant derrière la palissade d'une allée assez longue, je la vis qui se promenait avec un homme.

Je ne manquai pas de prêter une oreille attentive à leurs discours ; et voici ce que j'entendis : « Je ne mérite pas, disait la

« Reine à son amant, le reproche que vous
« me faites de n'être pas assez diligente :
« vous savez bien la raison qui m'en em-
« pêche. Mais si toutes les marques d'amour
« que je vous ai données jusqu'à présent
« ne suffisent pas pour vous persuader de
« ma sincérité, je suis prête à vous en
« donner de plus éclatantes : vous n'avez
« qu'à commander, vous savez quel est
« mon pouvoir. Je vais, si vous le souhai-
« tez, avant que le soleil se lève, changer
« cette grande ville et ce beau palais en des
« ruines affreuses, qui ne seront habitées
« que par des loups, des hiboux et des cor-
« beaux. Voulez-vous que je transporte
« toutes les pierres de ces murailles si so-
« lidement bâties, au-delà du mont Cau-
« case, et hors des bornes du monde habi-
« table ? Vous n'avez qu'à dire un mot, et
« tous ces lieux vont changer de face. »

Comme la Reine achevait ces paroles,
son amant et elle, se trouvant au bout de
l'allée, tournèrent pour entrer dans une
autre, et passèrent devant moi. J'avais déjà
tiré mon sabre ; et comme l'amant était
de mon côté, je le frappai sur le cou, et

le renversai par terre. Je crus l'avoir tué ;
et dans cette opinion, je me retirai brusquement sans me faire connaître à laReine,
que je voulus épargner, à cause qu'elle
était ma parente.

Cependant, le coup que j'avais porté à
son amant était mortel ; mais elle lui con-
serva la vie par la force de ses enchantemens, de manière toutefois qu'on peut dire
de lui qu'il n'est ni mort ni vivant. Comme
je traversais le jardin pour regagner le
palais, j'entendis la Reine qui poussait de
grands cris ; et jugeant par-là de sa douleur, je me sus bon gré de lui avoir laissé
la vie.

Lorsque je fus rentré dans mon appartement, je me recouchai, et, satisfait d'a-
voir puni le téméraire qui m'avait offensé,
je m'endormis. En me réveillant le lendemain, je trouvai la Reine couchée auprès
de moi...

Scheherazade fut obligée de s'arrêter en
cet endroit, parce qu'elle vit paraître le
jour. « Bon Dieu ! ma sœur, dit alors Dinarzade, je suis bien fâchée que vous n'en
puissiez pas dire davantage. » « Ma sœur,

répondit la Sultane, vous deviez me réveiller de meilleure heure ; c'est votre
faute. » « Je la réparerai, s'il plaît à Dieu,
la nuit prochaine, répliqua Dinarzade ;
car je ne doute pas que le Sultan n'ait
autant d'envie que moi de savoir la fin
de cette histoire ; et j'espère qu'il aura la
bonté de vous laisser vivre encore jusqu'à
demain. »

XXIVᵉ NUIT.

Effectivement, Dinarzade, comme elle
se l'était promis, appela de très-bonne
heure la Sultane, par l'extrême envie de
lui entendre achever l'agréable histoire du
roi des Iles Noires, et de savoir comment
il fut changé en marbre. « Vous l'allez apprendre, répondit Scheherazade, avec la
permission du Sultan. »

Je trouvai donc la Reine couchée auprès de moi, continua le roi des quatre
Iles Noires. Je ne vous dirai point si elle
dormait ou non ; mais je me levai sans faire
de bruit, et je passai dans mon cabinet,

où j'achevai de m'habiller. J'allai ensuite tenir mon conseil; et à mon retour, la Reine, habillée de deuil, les cheveux épars, et en partie arrachés, vint se présenter devant moi. « Sire, me dit-elle, je viens supplier Votre Majesté de ne pas trouver étrange que je sois dans l'état où je suis. Trois nouvelles affligeantes que je viens de recevoir en même-temps sont la juste cause de la vive douleur dont vous ne voyez que les faibles marques. » « Hé, quelles sont ces nouvelles, Madame ? lui dis-je. » « La mort de la Reine ma chère mère, me répondit-elle, celle du Roi mon père, tué dans une bataille, et celle d'un de mes frères, qui est tombé dans un précipice. »

Je ne fus pas fâché qu'elle prît ce prétexte pour cacher le véritable sujet de son affliction, et je jugeai qu'elle ne me soupçonnait pas d'avoir tué son amant. « Madame, lui dis-je, loin de blâmer votre douleur, je vous assure que j'y prends toute la part que je dois. Je serais extrêmement surpris que vous fussiez insensible à la perte que vous avez faite. Pleurez : vos larmes sont d'infaillibles marques de votre excellent naturel. J'espère néanmoins que le temps et la raison pourront apporter de la modération à vos déplaisirs. »

Elle se retira dans son appartement, où, se livrant sans réserve à ses chagrins, elle passa une année entière à pleurer et à s'affliger. Au bout de ce temps-là, elle me demanda la permission de faire bâtir le lieu de sa sépulture dans l'enceinte du palais, où elle voulait, disait-elle, demeurer jusqu'à la fin de ses jours. Je le lui permis, et elle fit bâtir un palais superbe, avec un dôme qu'on peut voir d'ici : elle l'appela le palais des Larmes.

Quand il fut achevé, elle y fit porter son amant, qu'elle avait fait transporter où elle avait jugé à propos, la même nuit que je l'avais blessé. Elle l'avait empêché de mourir jusqu'alors par des breuvages qu'elle lui avait fait prendre ; et elle continua de lui en donner, et de les lui porter elle-même tous les jours, dès qu'il fut au palais des Larmes.

Cependant, avec tous ses enchantemens, elle ne pouvait guérir ce malheureux. Il était non-seulement hors d'état de

marcher et de se soutenir ; mais il avait
encore perdu l'usage de la parole, et il
ne donnait aucun signe de vie que par
ses regards. Quoique la Reine n'eût que
la consolation de le voir et de lui dire
tout ce que son fol amour pouvait lui inspirer de plus tendre et de plus passionné,
elle ne laissait pas de lui rendre chaque
jour deux visites assez longues. J'étais bien
informé de tout cela ; mais je feignais de
l'ignorer.

Un jour j'allai par curiosité au palais
des Larmes, pour savoir quelle y était
l'occupation de cette princesse ; et d'un
endroit où je ne pouvais être vu, je l'entendis parler dans ces termes à son amant :
« Je suis dans la dernière affliction de
« vous voir en l'état où vous êtes ; je ne
« sens pas moins vivement que vous-mê-
« me les maux cuisans que vous souffrez ;
« mais, chère ame, je vous parle toujours,
« et vous ne répondez pas. Jusques à
« quand garderez-vous le silence ? Dites
« un mot seulement. Hélas ! les plus doux
« momens de ma vie sont ceux que je
« passe ici à partager vos douleurs. Je ne

« puis vivre éloigné de vous, et je
« préférerais le plaisir de vous voir sans
« cesse, à l'empire de l'univers. »

A ce discours, qui fut plus d'une
fois interrompu par ses soupirs et ses
sanglots, je perdis enfin patience. Je me
montrai; et m'approchant d'elle : « Madame, lui dis-je, c'est assez pleurer; il
est temps de mettre fin à une douleur qui
nous déshonore tous deux : c'est trop
oublier ce que vous me devez, et ce que
vous vous devez à vous-même. » Sire, me
répondit-elle, s'il vous reste encore quelque considération, ou plutôt quelque
complaisance pour moi, je vous supplie
de ne me pas contraindre. Laissez-moi
m'abandonner à mes chagrins mortels :
il est impossible que le temps les dimi-
nue. »

Quand je vis que mes discours, au
lieu de la faire rentrer en son devoir, ne
servaient qu'à irriter sa fureur, je cessai
de lui parler, et me retirai. Elle continua
de visiter tous les jours son amant; et durant deux années entières, elle ne fit que
se désespérer.

J'allai une seconde fois au palais des Larmes pendant qu'elle y était. Je me cachai encore, et j'entendis qu'elle disait à son amant : « Il y a trois ans que vous « ne m'avez dit une seule parole, et « que vous ne répondez point aux marques « d'amour que je vous donne par « mes discours et mes gémissemens; est- « ce par insensibilité ou par mépris? O « tombeau! aurais-tu détruit cet excès de « tendresse qu'il avait pour moi? Aurais- « tu fermé ces yeux qui me montraient « tant d'amour, et qui faisaient toute ma « joie? Non, non, je n'en crois rien. Dis- « moi plutôt par quel miracle tu es de- « venu le dépositaire du plus rare trésor « qui fut jamais. »

Je vous avoue, Seigneur, que je fus indigné de ces paroles; car enfin cet amant chéri, ce mortel adoré, n'était pas tel que vous pourriez vous l'imaginer : c'était un Indien noir, originaire de ces pays. Je fus, dis-je, tellement indigné de ce discours, que je me montrai brusquement; et apostrophant le même tombeau : » O tombeau! m'écriai-je, que n'engloutis-tu

ce monstre qui fait horreur à la nature;
ou plutôt, que ne consumes-tu l'amant
et la maîtresse! »

. J'eus à peine achevé ces mots, que la
Reine, qui était assise auprès du noir, se leva comme une furie. « Ah! cruel, me dit-
elle, c'est toi qui causes ma douleur! Ne
pense pas que je l'ignore : je ne l'ai que
trop long-temps dissimulé.C'est ta barbare
main qui a mis l'objet de mon amour dans
l'état pitoyable où il est; et tu as la dureté
de venir insulter une amante au désespoir!
« Oui, c'est moi, interrompis-je transporté de colère, c'est moi qui ai châtié ce
monstre comme il le méritait : je devais te
traiter de la même manière; je me repens
de ne l'avoir pas fait, et il y a trop long-
temps que tu abuses de ma bonté. » En
disant cela, je tirai mon sabre, et je levai
le bras pour la punir; mais regardant
tranquillement mon action : « Modère
ton courroux, me dit-elle avec un souris
moqueur.»En même temps elle prononça
des paroles que je n'entendis point, et
puis elle ajouta : « Par la vertu de mes
« enchantemens , je te commande de

« devenir tout à l'heure moitié marbre
« et moitié homme. » Aussitôt, Seigneur,
je devins tel que vous me voyez, déjà
mort parmi les vivans, et vivant parmi les
morts....

Scheherazade, en cet endroit, ayant
remarqué qu'il était jour, cessa de poursuivre son conte. « Ma chère sœur, dit
alors Dinarzade, je suis bien obligée au
Sultan : c'est à sa bonté que je dois l'extrême plaisir que je prends à vous écouter. »
« Ma sœur, lui répondit la Sultane, si
cette même bonté veut bien encore me
laisser vivre jusqu'à demain, vous entendrez des choses qui ne vous feront pas
moins de plaisir que celles que je viens de
vous raconter. » Quand Schahriar n'aurait
pas résolu de différer d'un mois la mort
de Scheherazade, il ne l'aurait pas fait
mourir ce jour-là.

XXVe NUIT.

Sur la fin de la nuit, Scheherazade s'é-
tant réveillée à la voix de sa sœur, se pré-

para à lui donner la satisfaction qu'elle
demandait, en achevant l'histoire du Roi
des Iles Noires. Elle commença de cette
sorte : « Le Roi demi-marbre et demi-
homme continua de raconter son histoire
au Sultan :

Après, dit-il, que la cruelle magicienne, indigne de porter le nom de Reine,
m'eut ainsi métamorphosé, et fait passer
en cette salle par un autre enchantement,
elle détruisit ma capitale, qui était très-
florissante et fort peuplée; elle anéantit
les maisons, les places publiques et les
marchés, et en fit l'étang et la campagne
déserte que vous avez pu voir. Les poissons de quatre couleurs qui sont dans
l'étang, sont les quatre sortes d'habitans
de différentes religions qui la compo-
saient : les blancs étaient les Musulmans;
les rouges, les Perses, adorateurs du feu;
les bleus, les Chrétiens; les jaunes, les
Juifs : les quatre collines étaient les quatre
îles qui donnaient le nom à ce royaume.
J'appris tout cela de la magicienne, qui,
pour comble d'affliction, m'annonça elle-
même ces effets de sa rage. Ce n'est pas

tout encore ; elle n'a point borné sa fureur à la destruction de mon Empire et à ma métamorphose : elle vient chaque jour me donner sur mes épaules nues cent coups de nerf de bœuf, qui me mettent tout en sang. Quand ce supplice est achevé, elle me couvre d'une grosse étoffe de poil de chèvre, et met, pardessus, cette robe de brocard que vous voyez, non pour me faire honneur, mais pour se moquer de moi.

En cet endroit de son discours, le jeune Roi des Iles Noires ne put retenir ses larmes ; et le Sultan en eut le cœur si serré, qu'il ne put prononcer une parole pour le consoler. Peu de temps après, le jeune Roi, levant les yeux au Ciel, s'écria : « Puissant Créateur de toutes cho-
« ses, je me soumets à vos jugemens et
« aux décrets de votre Providence ! Je
« souffre patiemment tous mes meaux,
« puisque telle est votre volonté ; mais
« j'espère que votre bonté infinie m'en
« récompensera. »

Le Sultan, attendri par le récit d'une histoire si étrange, et animé à la vengeance de ce malheureux prince, lui dit : « Apprenez-moi où se retire cette perfide magicienne, et où peut être cet indigne amant qui est enseveli avant sa mort. » « Seigneur, lui répondit le prince, l'amant, comme je vous l'ai déjà dit, est au palais des Larmes, dans un tombeau en forme de dôme; et ce palais communique à ce château du côté de la porte. Pour ce qui est de la magicienne, je ne puis vous dire précisément où elle se retire; mais tous les jours, au lever du soleil, elle va visiter son amant, après avoir fait sur moi la sanglante exécution dont je vous ai parlé; et vous jugez bien que je ne puis me défendre d'une si grande cruauté. Elle lui porte le breuvage qui est le seul aliment avec quoi, jusqu'à présent, elle l'a empêché de mourir; et elle ne cesse de lui faire des plaintes sur le silence qu'il a toujours gardé depuis qu'il est blessé. »

« Prince, qu'on ne peut assez plaindre, repartit le Sultan, on ne saurait être plus vivement touché de votre malheur que je le suis. Jamais rien de si extraordinaire n'est arrivé à personne; et les auteurs qui

feront votre histoire, auront l'avantage de
rapporter un fait qui surpasse tout ce
qu'on a jamais écrit de plus surprenant.
Il n'y manque qu'une chose : c'est la vengeance qui vous est due ; mais je n'oublie-
rai rien pour vous la procurer. »

. En effet, le Sultan, en s'entretenant
sur ce sujet avec le jeune prince, après lui
avoir déclaré qui il était, et pourquoi il
était entré dans ce château, imagina un
moyen de le venger, qu'il lui communiqua.
Ils convinrent des mesures qu'il y avait à
prendre pour faire réussir ce projet, dont
l'exécution fut remise au jour suivant.
Cependant la nuit étant fort avancée, le
Sultan prit quelque repos. Pour le jeune
prince, il la passa à son ordinaire dans une
insomnie continuelle (il ne pouvait dormir depuis qu'il était enchanté); mais avec
quelque espérance néanmoins d'être bientôt délivré de ses souffrances.

. Le lendeman, le Sultan se leva dès
qu'il fut jour ; et, pour commencer à exécuter son dessein, il cacha dans un endroit
son habillement de dessus, qui l'aurait
embarrassé, et s'en alla au palais des Lar-

mes. Il le trouva éclairé d'une infinité de
flambeaux de cire blanche, et il sentit une
odeur délicieuse qui sortait de plusieurs
cassolettes de fin or, d'un ouvrage admirable, toutes rangées dans un fort bel
ordre. D'abord qu'il aperçut le lit où le
noir était couché, il tira son sabre, et ôta,
sans résistance, la vie à ce misérable, dont
il traîna le corps dans la cour du château,
et le jeta dans un puits. Après cette expé-
dition, il alla se coucher dans le lit du
noir, mit son sabre près de lui sous la couverture, et y demeura pour achever ce
qu'il avait projeté.

La magicienne arriva bientôt. Son premier soin fut d'aller dans la chambre où
était le Roi des Iles Noires, son mari.
Elle le dépouilla, et commença par lui
donner sur les épaules les cent coups de
nerf de bœuf, avec une barbarie qui n'a
point d'exemple. Le pauvre prince avait
beau remplir le palais de ses cris, et
la conjurer, de la manière du monde la
plus touchante, d'avoir pitié de lui, la
cruelle ne cessa de le frapper qu'après
lui avoir donné les cent coups. « Tu n'as

pas eu compassion de mon amant, lui disait-elle, tu n'en dois point attendre de
moi.... »

Scheherazade aperçut le jour en cet
endroit, ce qui l'empêcha de continuer
son récit. « Mon Dieu, ma sœur, dit Dinarzade, voilà une magicienne bien barbare ! Mais en demeurerons-nous là, et ne
nous apprendrez-vous pas si elle reçut le
châtiment qu'elle méritait ? » « Ma chère
sœur, répondit la Sultane, je ne demande
pas mieux que de vous l'apprendre demain; mais vous savez que cela dépend
de la volonté du Sultan. » Après ce que
Schahriar venait d'entendre, il était bien
éloigné de vouloir faire mourir Scheherazade. « Au contraire, je ne veux pas lui
ôter la vie, disait-il en lui-même, qu'elle
n'ait achevé cette histoire étonnante,
quand le récit en devrait durer deux mois.
Il sera toujours en mon pouvoir de garder
le serment que j'ai fait. »

~~~~~~~~~~~~~~~~~~~~~~~~~~~~~~~~~~~~~

XXVIe NUIT.

DINARZADE n'eut pas plutôt jugé qu'il était temps d'appeler la Sultane, qu'elle la supplia de raconter ce qui se passa dans le palais des Larmes. Schahriar ayant témoigné qu'il avait la même curiosité que Dinarzade, la Sultane prit la parole, et reprit ainsi l'histoire du jeune prince enchanté :

Sire, après que la magicienne eut donné cent coups de nerf de bœuf au Roi son mari, elle le revêtit du gros habillement de poil de chèvre, et de la robe de brocard par-dessus. Elle alla ensuite au palais des Larmes ; et en y entrant, elle renouvela ses pleurs, ses cris et ses lamentations ; puis s'approchant du lit où elle croyait que son amant était toujours : « Quelle cruauté, s'écria-t-elle, d'avoir ainsi troublé le contentement d'une amante aussi tendre et aussi passionnée que je le suis ! O toi qui me reproches que je suis trop inhumaine quand je te fais sentir les effets de mon

ressentiment, cruel prince, ta barbarie
ne surpasse-t-elle pas celle de ma vengeance? Ah! traître, en attentant à la vie
de l'objet que j'adore, ne m'as-tu pas ravi
la mienne? Hélas! ajouta-t-elle, en adressant la parole au Sultan, croyant parler
au noir, mon soleil, ma vie, garderez-vous
toujours le silence? Etes-vous résolu à me
laisser mourir sans me donner la consolation de me dire encore que vous m'aimez?
Mon ame, dites-moi au moins un mot, je
vous en conjure. »

Alors le Sultan, feignant de sortir d'un
profond sommeil, et contrefaisant le langage des noirs, répondit à la Reine, d'un
ton grave : « Il n'y a de force et de pou-
« voir qu'en Dieu seul, qui est tout-
« puissant. » A ces paroles, la magicienne, qui ne s'y attendait pas, fit un grand
cri pour marquer l'excès de sa joie. » Mon
cher Seigneur, s'écria-t-elle, ne me trom-
pé-je pas? Est-il bien vrai que je vous en-
tends, et que vous me parlez? » « Malheureuse, reprit le Sultan, es-tu digne que
je réponde à tes discours? » « Et pourquoi, répliqua la Reine, me faites-vous ce

reproche ? » « Les cris, repartit-il, les pleurs et les gémissemens de ton mari, que tu traites tous les jours avec tant d'indignité et de barbarie, m'empêchent de dormir nuit et jour. Il y a long-temps que je serais guéri, et que j'aurais recouvré l'usage de la parole, si tu l'avais désenchanté : voilà la cause de ce silence que je garde, et dont tu te plains. » « Hé bien, dit la magicienne, pour vous appaiser je suis prête à faire ce que vous me commanderez : voulez-vous que je lui rende sa première forme ? » « Oui, répondit le Sultan, et hâte-toi de le mettre en liberté, afin que je ne sois plus incommodé de ses cris. »

La magicienne sortit aussitôt du palais des Larmes. Elle prit une tasse d'eau, et prononça dessus des paroles qui la firent bouillir comme si elle eût été sur le feu. Elle alla ensuite à la salle où était le jeune Roi son mari ; elle jeta de cette eau sur lui, en disant : « Si le créateur de « toutes choses t'a formé tel que tu es « présentement, ou s'il est en colère « contre toi, ne change pas ; mais si tu

« n'es dans cet état que par la vertu de
« mon enchantement, reprends ta forme
« naturelle, et redeviens tel que tu étais
« auparavant. » A peine eut-elle achevé
ces mots, que le prince, se retrouvant en
son premier état, se leva librement, avec
toute la joie qu'on peut s'imaginer, et il
en rendit grâces à Dieu. La magicienne
reprenant la parole : « Va, lui dit-elle,
éloigne-toi de ce château, et n'y reviens
jamais, ou bien il t'en coûtera la vie. »

Le jeune Roi, cédant à la nécessité,
s'éloigna de la magicienne, sans répliquer, et se retira dans un lieu écarté, où
il attendit impatiemment le succès du
dessein dont le Sultan venait de commencer l'exécution avec tant de bonheur.

Cependant, la magicienne retourna au
palais des Larmes ; et en entrant, comme
elle croyait toujours parler au noir : « Cher
amant, lui dit-elle, j'ai fait ce que vous
m'avez ordonné : rien ne vous empêche
de vous lever, et de me donner par-là une
satisfaction dont je suis privée depuis si
long-temps.

Le Sultan continua de contrefaire le

langage des noirs. « Ce que tu viens de faire, répondit-il d'un ton brusque, ne suffit pas pour me guérir ; tu n'as ôté qu'une partie du mal, il en faut couper jusqu'à la racine. » « Mon aimable noiraut, reprit-elle, qu'entendez-vous par la racine ? » « Malheureuse, reprit le Sultan, ne comprends-tu pas que je veux parler de cette ville et de ses habitans, et des quatre îles que tu as détruites par tes enchantemens ? Tous les jours à minuit les poissons ne manquent pas de lever la tête hors de l'étang, et de crier vengeance contre moi et contre toi. Voilà le véritable sujet du retardement de ma guérison. Va promptement rétablir les choses en leur premier état, et à ton retour, je te donnerai la main, et tu m'aideras à me lever. »

La magicienne, remplie de l'espérance que ces paroles lui firent concevoir, s'écria, transportée de joie : « Mon cœur, mon ame, vous aurez bientôt recouvré votre santé ; car je vais faire ce que vous me commandez. » En effet, elle partit dans le moment ; et lorsqu'elle fut arrivée sur le bord de l'étang, elle prit un peu d'eau dans sa main, et en fit une aspersion dessus.....

Scheherazade, en cet endroit, voyant qu'il était jour, n'en voulut pas dire davantage. Dinarzade dit à la Sultane : « Ma sœur, j'ai bien de la joie de savoir le jeune roi des quatre Iles Noires désenchanté : et je regarde déjà la ville et les habitans comme rétablis dans leur premier état ; mais je suis en peine d'apprendre ce que deviendra la magicienne. » « Donnez-vous un peu de patience, répondit la Sultane ; vous aurez demain la satisfaction que vous désirez, si le Sultan, mon seigneur, veut bien y consentir. » Schahriar, qui, comme on l'a déjà dit, avait pris son parti là-dessus, se leva pour aller remplir ses devoirs.

XXVII.ᵉ NUIT.

Scheherazade, désirant tenir sa promesse, se mit à raconter quel fut le

sort de la reine magicienne, en ces
termes :

La magicienne, ayant fait l'aspersion,
n'eut pas plutôt prononcé quelques paroles sur les poissons et sur l'étang, que
la ville reparut à l'heure même. Les poissons redevinrent hommes, femmes ou enfans, Mahométans, Chrétiens, Persans ou
Juifs, gens libres ou esclaves, chacun reprit sa forme naturelle. Les maisons et
les boutiques furent bientôt remplies de
leurs habitans, qui y trouvèrent toutes
choses dans la même situation et dans le
même ordre où elles étaient avant l'enchantement. La suite nombreuse du Sultan, qui se trouva campée dans la plus
grande place, ne fut pas peu étonnée de
se voir en un instant au milieu d'une ville
belle, vaste et bien peuplée.

Pour revenir à la magicienne, dès
qu'elle eut fait ce changement merveilleux, elle se rendit en diligence au palais des Larmes, pour en recueillir le
fruit. « Mon cher Seigneur, s'écria-t-
elle en entrant, je viens me réjouir avec
vous du retour de votre santé; j'ai fait

tout ce que vous avez exigé de moi : levez-vous donc, et me donnez la main. »
« Approchez, lui dit le Sultan, en contrefaisant toujours le langage des noirs. »
Elle s'approcha. « Ce n'est pas assez, reprit-il, approche-toi davantage. » Elle
obéit. Alors il se leva, il la saisit par le
bras si brusquement, qu'elle n'eut pas le
temps de se reconnaître ; et, d'un coup
de sabre, il sépara son corps en deux
parties, qui tombèrent, l'une d'un côté,
et l'autre de l'autre. Cela étant fait, il
laissa le cadavre sur la place ; et sortant
du palais des Larmes, il alla trouver le
jeune prince des Iles Noires, qui l'attendait avec impatience. « Prince, lui dit-il
en l'embrassant, réjouissez-vous, vous
n'avez plus rien à craindre, votre cruelle
ennemie n'est plus. »

Le jeune prince remercia le Sultan
d'une manière qui marquait que son cœur
était pénétré de reconnaissance ; et pour
prix de lui avoir rendu un service si important, il lui souhaita une longue vie,
avec toutes sortes de prospérités. « Vous
pouvez désormais, lui dit le Sultan, de-

meurer paisible dans votre capitale, à
moins que vous ne vouliez venir dans la
mienne, qui en est si voisine ; je vous y
recevrai avec plaisir, et vous n'y serez
pas moins honoré et respecté que chez
vous. » « Puissant Monarque, à qui je
suis si redevable, répondit le Roi, vous
croyez donc être fort près de votre capitale ? » « Oui, répliqua le Sultan, je le
crois ; il n'y a pas plus de quatre ou cinq
heures de chemin. » « Il y a une année
entière de voyage, reprit le jeune prince.
Je veux bien croire que vous êtes venu
ici de votre capitale dans le peu de temps
que vous dites, parce que la mienne était
enchantée ; mais depuis qu'elle ne l'est
plus, les choses ont bien changé. Cela ne
m'empêchera pas de vous suivre, quand
ce serait pour aller aux extrémités de la
terre. Vous êtes mon libérateur ; et pour
vous donner toute ma vie des marques de
ma reconnaissance, je prétends vous accompagner, et j'abandonne sans regret
mon royaume. »

Le Sultan fut extraordinairement surpris d'apprendre qu'il était si loin de ses

États, et il ne comprenait pas comment
cela se pouvait faire. Mais le jeune roi
des Iles Noires le convainquit si bien de
cette possibilité, qu'il n'en douta plus.
« Il n'importe, reprit alors le Sultan : la
peine de m'en retourner dans mes États
est suffisamment récompensée par la satisfaction de vous avoir obligé, et d'avoir
acquis un fils en votre personne ; car,
puisque vous voulez bien me faire l'honneur de m'accompagner, et que je n'ai
point d'enfans, je vous regarde comme
tel, et je vous fais, dès à présent, mon
héritier et mon successeur. »

L'entretien du Sultan et du roi des Iles
Noires se termina par les plus tendres embrassemens. Après quoi le jeune prince ne
songea qu'aux préparatifs de son voyage.
Ils furent achevés en trois semaines, au
grand regret de toute sa Cour et de ses
sujets, qui reçurent de sa main un de ses
proches parens pour leur Roi.

Enfin le Sultan et le jeune prince se
mirent en chemin avec cent chameaux
chargés de richesses inestimables, tirées
des trésors du jeune Roi, qui se fit suivre

par cinquante cavaliers bien faits, parfaitement montés et équipés. Leur voyage
fut heureux ; et lorsque le Sultan, qui
avait envoyé des courriers pour donner
avis de son retardement et de l'aventure
qui en était la cause, fut près de sa capitale, les principaux officiers qu'il y avait
laissés vinrent le recevoir, et l'assurèrent
que sa longue absence n'avait apporté
aucun changement dans son Empire. Les
habitans sortirent aussi en foule, le reçurent avec de grandes acclamations, et
firent des réjouissances qui durèrent plusieurs jours.

Le lendemain de son arrivée, le Sultan
fit à tous ses courtisans assemblés un détail fort ample des choses qui, contre son
attente, avaient rendu son absence si longue. Il leur déclara ensuite l'adoption
qu'il avait faite du roi des quatre Iles
Noires, qui avait bien voulu abandonner
un grand royaume pour l'accompagner
et vivre avec lui. Enfin, pour reconnaître
la fidélité qu'ils lui avaient tous gardée,
il leur fit des largesses proportionnées au
rang que chacun tenait à sa Cour.

Pour le pêcheur, comme il était la première cause de la délivrance du jeune
prince, le Sultan le combla de biens, et
le rendit, lui et sa famille, très-heureux
le reste de leurs jours.

Scheherazade finit là le conte du pêcheur et du Génie. Dinarzade lui marqua
qu'elle y avait pris un plaisir infini; et
Schahriar lui ayant témoigné la même
chose, elle leur dit qu'elle en savait un
autre qui était encore plus beau que celui-
là, et que si le Sultan le lui voulait permettre, elle le raconterait le lendemain;
car le jour commençait à paraître. Schahriar, se souvenant du délai d'un mois qu'il
avait accordé à la Sultane, et curieux
d'ailleurs de savoir si ce nouveau conte
serait aussi agréable qu'elle le promettait,
se leva dans le dessein de l'entendre la
nuit suivante.

XXVIIIᵉ NUIT.

Dinarzade, suivant sa coutume, n'oublia pas d'appeler la Sultane lorsqu'il en

l · fut temps. Scheherazade, sans lui répon-
) dre, commença un de ses beaux contes :

HISTOIRE

DE TROIS CALENDERS, FILS DE ROIS, ET DE CINQ DAMES DE BAGDAD.

SIRE, dit-elle, en adressant la parole au Sultan, sous le règne du calife * Haroun Alraschid, il y avait à Bagdad, où il faisait sa résidence, un porteur, qui, malgré sa profession basse et pénible, ne laissait pas d'être homme d'esprit et de bonne humeur. Un matin, qu'il était à son ordinaire avec un grand panier à jour près de lui, dans une place où il attendait que quelqu'un eût besoin de son ministère,

---

* Ce mot signifie en arabe *successeur*, relativement à Mahomet. Après la mort de ce législateur, Aboubekre, son beau-père, éli pour lui succéder, prit le titre de calife, qui servit long-temps à désigner les chefs de la religion mahométaue.

une jeune dame de belle taille, couverte d'un grand voile de mousseline, l'aborda, et lui dit d'un air gracieux : «Écoutez, « porteur, prenez votre panier, et sui- « vez-moi. » Le porteur, enchanté de ce peu de paroles prononcées si agréable- ment, prit aussitôt son panier, le mit sur sa tête, et suivit la dame, en disant : « O jour heureux ! ô jour de bonne rencontre !»

D'abord, la dame s'arrêta devant une porte fermée, et frappa. Un chrétien, vé- nérable par une longue barbe blanche, ouvrit, et elle lui mit de l'argent dans la main, sans lui dire un seul mot. Mais le chrétien, qui savait ce qu'elle demandait, rentra, et peu de temps après, apporta une grosse cruche d'un vin excellent : « Prenez cette cruche, dit la dame au porteur, et la mettez dans votre panier. » Cela étant fait, elle lui commanda de la suivre ; puis elle continua de marcher, et le porteur continua de dire : « O jour de félicité ! ô jour d'agréable surprise et de joie ! »

La dame s'arrêta à la boutique d'un ven- deur de fruits et de fleurs, où elle choisit

de plusieurs sortes de pommes, des abri-
cots, des pêches, des coings, des limons, des
citrons, des oranges, du myrte, du basi-
lic, des lis, du jasmin, et de quelques autres sortes de fleurs et de plantes de bonne
odeur. Elle dit au porteur de mettre tout
cela dans le panier, et de la suivre. En
passant devant l'étalage d'un boucher,
elle se fit peser vingt - cinq livres de la
plus belle viande qu'il eût; ce que le porteur mit encore dans son panier par son
ordre. A une autre boutique, elle prit des
câpres, de l'estragon, de petits concom-
bres, de la percepierre et autres herbes,
le tout confit dans le vinaigre; à une autre, des pistaches, des nois, des noisettes,
des pignons, des amandes, et d'autres
fruits semblables; à une autre encore,
elle acheta toutes sortes de pâtes d'a-
mande. Le porteur, en mettant toutes ces
choses dans son panier, remarquant qu'il
se remplissait, dit à la dame : « Ma bonne
dame, il fallait m'avertir que vous feriez
tant de provisions, j'aurais pris un cheval,
ou plutôt un chameau pour les porter.
J'en aurai beaucoup plus que ma charge,

pour peu que vous en achetiez d'autres. »
La dame rit de cette plaisanterie, et
ordonna de nouveau au porteur de la
suivre.

Elle entra chez un droguiste, où elle
se fournit de toutes sortes d'eaux de sen-
teur, de clous de girofle, de muscade, de
poivre, de gingembre, d'un gros morceau d'ambre gris, et de plusieurs autres
épiceries des Indes ; ce qui acheva de remplir le panier du porteur, auquel elle dit
encore de la suivre. Alors ils marchèrent
tous deux, jusqu'à ce qu'ils fussent arrivés à un hôtel magnifique, dont la façade
était ornée de belles colonnes, et qui
avait une porte d'ivoire. Ils s'y arrêtèrent,
et la dame frappa un petit coup......

En cet endroit Scheherazade aperçut
qu'il était jour, et cessa de parler. « Fran-
chement, ma sœur, dit Dinarzade, voilà
un commencement qui donne beaucoup
de curiosité. Je crois que le Sultan ne
voudra pas se priver du plaisir d'entendre
la suite. » Effectivement, Schahriar, loin
d'ordonner la mort de la Sultane, attendit impatiemment la nuit suivante, pour

apprendre ce qui se passerait dans l'hôtel
dont elle avait parlé.

~~~~~~~~~~~~~~~~~~~~~~~~~~~~~~~~~~~~~

XXIXᵉ NUIT.

Dɪɴᴀʀᴢᴀᴅᴇ, réveillée avant le jour,
adressa la parole à la Sultane : « Ma sœur,
je vous prie de poursuivre l'histoire que
vous commençâtes hier. » Scheherazade
aussitôt la continua de cette manière :

Pendant que la jeune dame et le porteur attendaient que l'on ouvrît la porte
de l'hôtel, le porteur faisait mille réflexions. Il était étonné qu'une dame faite
comme celle qu'il voyait, fît l'office de
pourvoyeur ; car enfin il jugeait bien que
ce n'était pas une esclave : il lui trouvait
l'air trop noble pour penser qu'elle ne fût
pas libre, et même une personne de distinction. Il lui aurait volontiers fait des
questions pour s'éclaircir de sa qualité ;
mais dans le temps qu'il se préparait à lui
parler, une autre dame, qui vint ouvrir
la porte, lui parut si belle, qu'il en de-

meura tout surpris, ou plutôt il fut si vivement frappé de l'éclat de ses charmes, qu'il en pensa laisser tomber son panier avec tout ce qui était dedans, tant cet objet le mit hors de lui-même. Il n'avait jamais vu de beauté qui approchât de celle qu'il avait devant les yeux.

La dame qui avait amené le porteur, s'aperçut du désordre qui se passait dans son âme, et du sujet qui le causait. Cette découverte la divertit, et elle prenait tant de plaisir à examiner la contenance du porteur, qu'elle ne songeait pas que la porte était ouverte. « Entrez donc, ma sœur, lui dit la belle portière ; qu'attendez-vous ? Ne voyez-vous pas que ce pauvre homme est si chargé, qu'il n'en peut plus ? »

Lorsqu'elle fut entrée avec le porteur, la dame qui avait ouvert la porte, la ferma ; et tous trois, après avoir traversé un beau vestibule, passèrent dans une cour très-spacieuse, et environnée d'une galerie à jour, qui communiquait à plusieurs appartemens de plain-pied, de la dernière magnificence. Il y avait dans le fond de cette cour un sofa richement garni, avec un trône d'ambre au milieu, soutenu de quatre colonnes d'ébène, enrichies de diamans et de perles d'une grosseur extraordinaire, et garnies d'un satin rouge relevé d'une broderie d'or des Indes, d'un travail admirable. Au milieu de la cour, il y avait un grand bassin bordé de marbre blanc, et plein d'une eau très-claire, qui y tombait abondamment par un mufle de lion de bronze doré.

Le porteur, tout chargé qu'il était, ne laissait pas d'admirer la magnificence de cette maison, et la propreté qui y régnait partout; mais ce qui attira particulièrement son attention, fut une troisième dame qui lui parut encore plus belle que la seconde, et qui était assise sur le trône dont j'ai parlé. Elle en descendit dès qu'elle aperçut les deux premières dames, et s'avança au-devant d'elles. Il jugea, par les égards que les autres avaient pour celle-là, que c'était la principale; en quoi il ne se trompait pas. Cette dame se nommait Zobéïde; celle qui avait ouvert la porte s'appelait Safie ; et Amine était le nom de celle qui avait été aux provisions.

Zobéïde dit aux deux dames, en les abordant : « Mes sœurs, ne voyez-vous pas que ce bonhomme succombe sous le fardeau qu'il porte ? Qu'attendez-vous pour le décharger ? » Alors Amine et Safie prirent le panier, l'une par devant, l'autre par derrière. Zobéïde y mit aussi la main, et toutes trois le posèrent à terre. Elles commencèrent à le vider ; et quand cela fut fait, l'agréable Amine tira de l'argent, paya libéralement le porteur.....

Le jour venant à paraître en cet endroit, imposa silence à Scheherazade, et laissa non-seulement à Dinarzade, mais encore à Schahriar un grand désir d'entendre la suite ; ce que ce prince remit à la nuit suivante.

XXXᵉ NUIT.

LE lendemain, Dinarzade, réveillée par l'impatience d'entendre la suite de l'histoire commencée, dit à la Sultane : « Au

nom de Dieu, ma sœur, je vous prie de
nous conter ce que firent ces trois belles
dames de toutes les provisions qu'Amine
avait achetées. » « Vous l'allez savoir,
répondit Scheherazade, si vous voulez
m'écouter avec attention. » En même
temps elle reprit ce conte dans ces termes :

Le porteur, très-satisfait de l'argent
qu'on lui avait donné, devait prendre
son panier et se retirer; mais il ne put s'y
résoudre : il se sentait, malgré lui, arrêté
par le plaisir de voir trois beautés si rares,
et qui lui paraissaient également char-
mantes ; car Amine avait aussi ôté son
voile, et il ne la trouvait pas moins belle
que les autres. Ce qu'il ne pouvait comprendre, c'est qu'il ne voyait aucun
homme dans cette maison. Néanmoins la
plupart des provisions qu'il avait appor-
tées, comme les fruits secs, et les différentes sortes de gâteaux et de confitures,
ne convenaient proprement qu'à des gens
qui voulaient boire et se réjouir.

Zobéïde crut d'abord que le porteur
s'arrêtait pour prendre haleine ; mais
voyant qu'il restait trop long-temps :

« Qu'attendez - vous ? lui dit-elle ; n'êtes-vous pas payé suffisamment ? Ma sœur, ajouta-t-elle en s'adressant à Amine, donnez-lui encore quelque chose : qu'il s'en aille content. » « Madame, répondit le porteur, ce n'est pas cela qui me retient ; je ne suis que trop payé de ma peine. Je vois bien que j'ai commis une incivilité en demeurant ici plus que je ne devais ; mais j'espère que vous aurez la bonté de la pardonner à l'étonnement où je suis de ne voir aucun homme avec trois dames d'une beauté si peu commune. Une compagnie de femmes sans hommes est pourtant une chose aussi triste qu'une compagnie d'hommes sans femmes. » Il ajouta à ce discours plusieurs choses fort plaisantes pour prouver ce qu'il avançait. Il n'oublia pas de citer ce qu'on disait à Bagdad, qu'on n'est pas bien à table, si l'on n'y est quatre ; et enfin il finit, en concluant, que puisqu'elles étaient trois, elles avaient besoin d'un quatrième.

Les dames se prirent à rire du raisonnement du porteur. Après cela, Zobéïde lui dit d'un air sérieux : « Mon ami, vous

poussez un peu trop loin votre indiscrétion ; mais quoique vous ne méritiez pas
que j'entre dans aucun détail avec vous,
je veux bien toutefois vous dire que nous
sommes trois sœurs, qui faisons si secrètement nos affaires, que personne n'en
sait rien. Nous avons un trop grand sujet
de craindre d'en faire part à des indiscrets; et un bon auteur que nous avons
lu, dit : « Garde ton secret, et ne le ré-
« vèle à personne : qui le révèle, n'en
« est plus le maître. Si ton sein ne peut
« contenir ton secret, comment le sein de
« celui à qui tu l'auras confié pourra-t-il
« le contenir ? »

   « Mesdames, reprit le porteur, à votre
air seulement, j'ai jugé d'abord que vous
étiez des personnes d'un mérite très-rare;
et je m'aperçois que je ne me suis pas
trompé. Quoique la fortune ne m'ait pas
donné assez de biens pour m'élever à une
profession au-dessus de la mienne, je n'ai
pas laissé de cultiver mon esprit autant
que je l'ai pu, par la lecture des livres de
science et d'histoire; et vous me permet-
trez, s'il vous plaît, de vous dire que j'ai

lu aussi dans un autre auteur une maxime
que j'ai toujours heureusement pratiquée :
« Nous ne cachons notre secret, dit-il,
« qu'à des gens reconnus de tout le monde
« pour des indiscrets, qui abuseraient de
« notre confiance ; mais nous ne faisons
« nulle difficulté de le découvrir aux sages,
« parce que nous sommes persuadés qu'ils
« sauront le garder. » « Le secret chez
moi est dans une si grande sûreté que s'il
était dans un cabinet dont la clef fût per-
due, et la porte bien scellée. »

Zobéïde connut que le porteur ne manquait pas d'esprit ; mais jugeant qu'il
avait envie d'être du régal qu'elles voulaient se donner, elle lui repartit en souriant : « Vous savez que nous nous pré-
parons à nous régaler ; mais vous savez
en même temps que nous avons fait une
dépense considérable, et il ne serait pas
juste que, sans y contribuer, vous fussiez
de la partie. « La belle Safie appuya le
sentiment de sa sœur. « Mon ami, dit-elle
au porteur, n'avez-vous jamais ouï dire
ce que l'on dit assez communément : « Si
« vous apportez quelque chose, vous serez

« quelque chose avec nous ; si vous n'ap-
« portez rien, retirez-vous avec rien. »

Le porteur, malgré sa réthorique, aurait peut-être été obligé de se retirer avec
confusion, si Amine, prenant fortement
son parti, n'eût dit à Zobéïde et à Safie :
« Mes chères sœurs, je vous conjure de
permettre qu'il demeure avec nous : il
n'est pas besoin de vous dire qu'il nous
divertira ; vous voyez bien qu'il en est
capable. Je vous assure que sans sa bonne
volonté, sa légèreté et son courage à me
suivre, je n'aurais pu venir à bout de
faire tant d'emplettes en si peu de temps.
D'ailleurs, si je vous répétais toutes les
douceurs qu'il m'a dites en chemin, vous
seriez peu surprises de la protection que
je lui donne. »

A ces paroles d'Amine, le porteur,
transporté de joie, se laissa tomber sur
les genoux, baisa la terre aux pieds de
cette charmante personne ; et en se rele-
vant : « Mon aimable dame, lui dit-il,
vous avez commencé aujourd'hui mon
bonheur ; vous y mettez le comble par
une action si généreuse ; je ne puis assez

vous témoigner ma reconnaissance. Au reste, Mesdames, ajouta-t-il en s'adressant aux trois sœurs ensemble, puisque vous me faites un si grand honneur, ne croyez pas que j'en abuse, et que je me considère comme un homme qui le mérite; non, je me regarderai toujours comme le plus humble de vos esclaves.«En achevant ces mots, il voulut rendre l'argent qu'il avait reçu; mais la grave Zobéïde lui ordonna de le garder. « Ce qui est une fois sorti de nos mains, dit-elle, pour récompenser ceux qui nous ont rendu service, n'y retourne plus..... »

L'aurore, qui parut, vint en cet endroit imposer silence à Scheherazade. Dinarzade, qui l'écoutait avec beaucoup d'attention, en fut fort fâchée; mais elle eut sujet de s'en consoler, parce que le Sultan, curieux de savoir ce qui se passerait entre les trois belles dames et le porteur, remit la suite de cette histoire à la nuit suivante, et se leva pour aller s'acquitter de ses fonctions ordinaires.

XXXIe NUIT.

DINARZADE, le lendemain, ne manqua pas d'engager sa sœur à poursuivre le merveilleux conte qu'elle avait commencé. Scheherazade prit alors la parole, et s'adressant au Sultan : « Sire, dit-elle, je vais, avec votre permission, contenter la curiosité de ma sœur. » En même temps elle reprit ainsi l'histoire des trois Calenders * :

Zobéïde ne voulut donc point reprendre l'argent du porteur. « Mais, mon ami, lui dit-elle, en consentant que vous demeuriez avec nous, je vous avertis que ce n'est pas seulement à condition que vous garderez le secret que nous avons exigé de vous; nous prétendons encore que vous observiez exactement les règles de la bienséance et de l'honnêteté. » Pendant qu'elle tenait ce discours, la char-

---

* Religieux mahométans, ainsi appelés du nom de leur fondateur, Kalenderi.

mante Amine quitta son habillement de
ville , attacha sa robe à sa ceinture pour
agir avec plus de liberté , et prépara la
table ; elle servit plusieurs sortes de mets,
et mit sur un buffet des bouteilles d.evin
et des tasses d'or. Après cela , les dames
se placèrent, et firent asseoir à leurs côtés le porteur , qui était satisfait au-delà
de tout ce qu'on peut dire , de se voir à
table avec trois personnes d'une beauté si
extraordinaire.

Après les premiers morceaux , Amine,
qui s'était placée près du buffet , prit une
bouteille et une tasse , se versa à boire, et
but la première , suivant la coutume des
Arabes. Elle versa ensuite à ses sœurs ; qui
burent l'une après l'autre ; puis remplis-
sant pour la quatrième fois la même tasse,
elle la présenta au porteur , lequel, en la
recevant, baisa la main d'Amine, et chanta, avant que de boire , une chanson dont
le sens était que, comme le vent emporte
avec lui la bonne odeur des lieux parfu-
més par où il passe, de même le vin qu'il
allait boire , venant de sa main , en rece-
vait un goût plus exquis que celui qu'il

avait naturellement. Cette chanson réjouit les dames, qui chantèrent à leur
tour. Enfin, la compagnie fut de très-
bonne humeur pendant le repas, qui dura
fort long-temps, et fut accompagné de
tout ce qui pouvait le rendre agréable.

Le jour allait bientôt finir, lorsque
Safié, prenant la parole au nom des trois
dames, dit au porteur : « Levez-vous,
partez, il est temps de vous retirer. » Le
porteur, ne pouvant se résoudre à les
quitter, répondit : « Eh, Mesdames, où
me commandez-vous d'aller en l'état où
je me trouve ? Je suis hors de moi-même,
à force de vous voir et de boire : je ne
trouverais jamais le chemin de ma maison. Donnez-moi la nuit pour me reconnaître : je la passerai où il vous plaira ;
mais il ne me faut pas moins de temps
pour me remettre dans le même état où
j'étais lorsque je suis entré chez vous ;
avec cela, je doute encore si je n'y lais-
serai pas la meilleure partie de moi-
même. »

Amine prit une seconde fois le parti
du porteur. « Mes sœurs, dit-elle, il a

raison ; je lui sais bon gré de la demande
qu'il nous fait. Il nous a assez bien diver-
ties ; si vous voulez m'en croire, ou plutôt si vous m'aimez autant que j'en suis
persuadée, nous le retiendrons pour passer la soirée avec nous. » « Ma sœur, dit
Zobéïde, nous ne pouvons rien refuser à
votre prière. Porteur, continua-t-elle en
s'adressant à lui, nous voulons bien encore vous faire cette grâce ; mais nous
y mettons une nouvelle condition. Quoique nous puissions faire en votre présence, par rapport à nous ou à autre chose,
gardez-vous bien d'ouvrir seulement la
bouche pour nous en demander la raison ;
car, en nous faisant des questions sur des
choses qui ne vous regardent nullement,
vous pourriez entendre ce qui ne vous
plairait pas. Prenez-y garde, et ne vous
avisez pas d'être trop curieux, en voulant
approfondir les motifs de nos actions. »

« Madame, repartit le porteur, je vous
promets d'observer cette condition avec
tant d'exactitude, que vous n'aurez pas
lieu de me reprocher d'y avoir contre-
venu, et encore moins de punir mon

indiscrétion. Ma langue , en cette occasion , sera immobile , et mes yeux seront
comme un miroir, qui ne conserve rien
des objets qu'il a reçus. » « Pour vous
faire voir, reprit Zobéïde d'un air très-
sérieux, que ce que nous vous deman-
dons n'est pas nouvellement établi parmi
nous , levez-vous , et allez lire ce qui
est écrit au-dessus de notre porte, en
dedans.

Le porteur alla jusque-là , et y lut ces
mots, qui étaient écrits en gros caractères
d'or : « Qui parle des choses qui ne le re-
« gardent point, entend ce qui ne lui
« plaît pas. » Il revint ensuite trouver les
trois autres : « Mesdames , leur dit-il , je
vous jure que vous ne m'entendrez parler
d'aucune chose qui ne me regardera pas ,
et où vous puissiez avoir intérêt. »

Cette convention faite, Amine apporta
le souper ; et quand elle eut éclairé la
salle d'un grand nombre de bougies pré-
parées avec le bois d'aloës et l'ambre gris,
qui répandirent une odeur agréable et
firent une belle illumination, elle s'assit
à table avec ses sœurs et le porteur. Ils

recommencèrent à manger, à boire, à chanter et à réciter des vers. Les dames prenaient plaisir à enivrer le porteur, sous prétexte de le faire boire à leur santé. Les bons mots ne furent point épargnés. Enfin, ils étaient tous de la meilleure humeur du monde, lorsqu'ils ouïrent frapper à la porte....

Scheherazade fut obligée, en cet endroit, d'interrompre son récit, parce qu'elle vit paraître le jour. Le Sultan, ne doutant point que la suite de cette histoire ne méritât d'être entendue, la remit au lendemain, et se leva.

XXXIIᵉ NUIT.

Sur la fin de la nuit suivante, Dinarzade dit à la Sultane : « Ma sœur, je suis dans une extrême impatience d'entendre le conte de ces trois belles filles, et de savoir qui frappait à leur porte. » « Vous l'allez apprendre, répondit Scheherazade; je vous assure que ce que je vais vous

raconter n'est pas indigne de l'attention
du Sultan, mon seigneur. »

Dès que les dames, poursuivit-elle,
entendirent frapper à la porte, elles se
levèrent toutes trois en même temps pour
aller ouvrir; mais Safie, à qui cette fonc-
tion appartenait particulièrement, fut la
plus diligente. Les deux autres se voyant
prévenues, demeurèrent, et attendirent
qu'elle vînt leur apprendre qui pouvait
avoir affaire chez elles si tard. Safie revint. « Mes sœurs, dit-elle, il se présente
une belle occasion de passer une bonne
partie de la nuit fort agréablement, et si
vous êtes du même sentiment que moi,
nous ne la laisserons point échapper. Il
y a à notre porte trois Calenders; au
moins ils me paraissent tels à leur habillement; mais ce qui va sans doute vous
surprendre, ils sont tous trois borgnes de
l'œil droit, et ont la tête, la barbe et les
sourcils ras. Ils ne font, disent-ils, que
d'arriver tout présentement à Bagdad,
où ils ne sont jamais venus; et comme il
est nuit, et qu'ils ne savent où aller loger,
ils ont frappé par hasard à notre porte,

et ils nous prient, pour l'amour de Dieu, d'avoir la charité de les recevoir. Ils se mettent peu en peine du lieu que nous voudrons leur donner, pourvû qu'ils soient à couvert; ils se contenteront d'une écurie. Ils sont jeunes et assez bien faits; ils paraissent même avoir beaucoup d'esprit; mais je ne puis penser, sans rire, à leur figure plaisante et uniforme. » En cet endroit, Safie s'interrompit elle-même, et se mit à rire de si bon cœur, que les deux autres dames et le porteur ne purent s'empêcher de rire aussi. « Mes bonnes sœurs, reprit-elle, ne voulez-vous pas bien que nous les fassions entrer? Il est impossible qu'avec des gens tels que je viens de vous les dépeindre, nous n'achevions la journée encore mieux que nous ne l'avons commencée. Ils nous divertiront fort, et ne nous seront point à charge, puisqu'ils ne nous demandent une retraite que pour cette nuit seulement, et que leur intention est de nous quitter d'abord qu'il fera jour. »

« Zobéide et Amine firent difficulté d'accorder à Safie ce qu'elle demandait,

et elle en savait bien la raison elle-même;
mais elle leur témoigna une si grande envie d'obtenir d'elles cette faveur, qu'elles
ne purent la lui refuser. « Allez, lui dit
Zobéïde, faites - les donc entrer; mais
n'oubliez pas de les avertir de ne point
parler de ce qui ne les regardera pas, et
de leur faire lire ce qui est écrit au-dessus
de la porte. » A ces mots, Safie courut
ouvrir avec joie, et peu de temps après
elle revint accompagnée des trois Calenders.

Les trois Calenders firent en entrant
une profonde révérence aux trois dames,
qui s'étaient levées pour les recevoir,
et qui leur dirent obligeamment qu'ils
étaient les bien - venus ; qu'elles étaient
bien aises de trouver l'occasion de les
obliger, et de contribuer à les remettre
de la fatigue de leur voyage; et enfin elles
les invitèrent à s'asseoir auprès d'elles.
La magnificence du lieu et l'honnêteté
des dames firent concevoir aux Calenders
une haute idée de ces belles hôtesses ;
mais avant que de prendre place, ayant
par hasard jeté les yeux sur le porteur, et

le voyant habillé à-peu-près comme d'autres Calenders avec lesquels ils étaient
en différend sur plusieurs points de dis-
cipline, et qui ne se rasaient pas la barbe
et les sourcils, un d'entre eux prit la parole : « Voilà, dit-il, apparemment un
de nos frères arabes les révoltés. »

« Le porteur, à moitié endormi, et la
tête échauffée du vin qu'il avait bu, se
trouva choqué de ces paroles ; et sans se
lever de sa place, il répondit aux Calenders, en les regardant fièrement : « As-
seyez-vous, et ne vous mêlez pas de ce
que vous n'avez que faire. N'avez-vous
pas lu au-dessus de la porte l'inscription
qui y est ? Ne prétendez pas obliger le
monde à vivre à votre mode ; vivez à la
nôtre. »

« Bonhomme, reprit le Calender qui
avait parlé, ne vous mettez point en colère ; nous serions bien fâchés de vous en
avoir donné le moindre sujet, et nous
sommes, au contraire, prêts à recevoir
vos commandemens. » La querelle aurait
pu avoir des suites ; mais les dames s'en
mêlèrent, et pacifièrent toutes choses.

« Quand les Calenders se furent assis à
table, les dames leur servirent à manger,
et l'enjouée Safie particulièrement prit
soin de leur verser à boire.... »

Scheherazade s'arrêta en cet endroit,
parce qu'elle remarqua qu'il était jour. Le
Sultan se leva pour aller remplir ses devoirs, se promettant bien d'entendre la
suite de ce conte le lendemain ; car il avait
grande envie d'apprendre pourquoi les
Calenders étaient borgnes, et tous trois
du même œil.

XXXIIIᵉ NUIT.

Une heure avant le jour, Scheherazade
continua de cette manière ce qui se passa
entre les dames et les Calenders :

Après que les Calenders eurent bu et
mangé à discrétion, ils témoignèrent aux
dames qu'ils se feraient un grand plaisir
de leur donner un concert, si elles avaient
des instrumens, et qu'elles voulussent
leur en faire apporter. Elles acceptèrent
l'offre avec joie. La belle Safie se leva

pour en aller chercher. Elle revint un moment ensuite, et leur présenta une flûte du pays, une flûte persane, et un tambour de basque. Chaque Calender reçut de sa main l'instrument qu'il voulut choisir, et ils commencèrent tous trois à jouer un air. Les dames, qui savaient des paroles sur cet air, qui était des plus gais, l'accompagnèrent de leur voix ; mais elles s'interrompaient de temps en temps par de grands éclats de rire que leur faisaient faire les paroles. Au plus fort de ce divertissement, et lorsque la compagnie était le plus en joie, on frappa à la porte. Safie cessa de chanter, et alla voir ce que c'était.

Mais, Sire, dit en cet endroit Schéhérazade au Sultan, il est bon que Votre Majesté sache pourquoi l'on frappait si tard à la porte des dames ; en voici la raison. Le calife Haroun Alraschid avait coutume de marcher très-souvent la nuit incognito, pour savoir par lui-même si tout était tranquille dans la ville, et s'il ne s'y commettait pas de désordre.

Cette nuit-là, le calife était sorti de

bonne heure, accompagné de Giafar, son grand-visir, et de Mesrour, chef des eunuques de son palais, tous trois déguisés en marchands. En passant par la rue des trois dames, ce prince, entendant le son des instrumens et des voix, et le bruit des éclats de rire, dit au visir : « Allez, frappez à la porte de cette maison où l'on fait tant de bruit; je veux y entrer et en apprendre la cause. » Le visir eut beau lui représenter que c'étaient des femmes qui régalaient ce soir-là ; que le vin apparemment leur avait échauffé la tête, et qu'il ne devait pas s'exposer à recevoir d'elles quelqu'insulte ; qu'il n'était pas encore heure indue, et qu'il ne fallait pas troubler leur divertissement : « Il n'importe, repartit le calife, frappez, je vous l'ordonne. »

C'était donc le grand-visir Giafar qui avait frappé à la porte des dames, par ordre du calife, qui ne voulait pas être connu. Safie ouvrit; et le visir remarquant, à la clarté d'une bougie qu'elle tenait, que c'était une dame d'une grande beauté, joua parfaitement bien son per-

sonnage. Il lui fit une profonde révérence,
et lui dit d'un air respectueux : « Madame, nous sommes trois marchands de
Moussoul, arrivés depuis environ dix
jours, avec de riches marchandises que
nous avons en magasin dans un khan * où
nous avons pris logement. Nous avons été
aujourd'hui chez un marchand de cette
ville qui nous avait invités à l'aller voir.
Il nous a régalés d'une collation; et
comme le vin nous avait mis de belle humeur, il a fait venir une troupe de danseuses. Il était déjà nuit, et dans le temps
que l'on jouait des instrumens, que les
danseuses dansaient, et que la compagnie
faisait grand bruit, le guet a passé, et s'est
fait ouvrir. Quelques-uns de la compagnie
ont été arrêtés. Pour nous, nous avons
été assez heureux pour nous sauver par-
dessus une muraille; mais, ajouta le visir,
comme nous sommes étrangers, et avec
cela un peu pris de vin, nous craignons

---

* Khan ou caravanserai, bâtiment qui, dans
l'Orient, sert de magasin ou d'auberge pour les
marchands.

de rencontrer une autre escouade de guet, ou la même, avant que d'arriver à notre khan, qui est éloigné d'ici. Nous y arriverions même inutilement; car la porte est fermée, et ne sera ouverte que demain matin, quelque chose qui puisse arriver. C'est pourquoi, Madame, ayant ouï en passant des instrumens et des voix, nous avons jugé que l'on n'était pas encore retiré chez vous, et nous avons pris la liberté de frapper, pour vous supplier de nous donner retraite jusqu'au jour. Si nous vous paraissons dignes de prendre part à votre divertissement, nous tâcherons d'y contribuer en ce que nous pourrons, pour réparer l'interruption que nous y avons causée; sinon, faites-nous seulement la grâce de souffrir que nous passions la nuit à couvert sous votre vestibule. »

Pendant ce discours de Giafar, la belle Safie eut le temps d'examiner le visir et les deux personnes qu'il disait marchands comme lui; et jugeant à leur physionomie que ce n'étaient pas des gens du commun, elle leur dit qu'elle n'était pas la maîtresse, et que s'ils voulaient se donner un moment de patience, elle reviendrait leur apporter la réponse.

Safie alla faire ce rapport à ses sœurs, qui balancèrent quelque temps sur le parti qu'elles devaient prendre. Mais elles étaient naturellement bienfaisantes ; et elles avaient déjà fait la même grâce aux trois Calenders. Ainsi, elles résolurent de les laisser entrer.....

Schéhérazade se préparait à poursuivre son conte ; mais, s'étant aperçue qu'il était jour, elle interrompit là son récit. La qualité des nouveaux acteurs que la Sultane venait d'introduire sur la scène, piquant la curiosité de Schahriar, et le laissant dans l'attente de quelqu'événement singulier, ce prince attendit la nuit suivante avec impatience.

XXXIVᵉ NUIT.

DINARZADE, aussi curieuse que le Sultan d'apprendre ce que produirait l'arrivée du calife chez les trois dames, n'oublia pas

d'engager Scheherazade à reprendre, avec
la permission du Sultan, l'histoire des
Calenders.

Le calife, son grand-visir et le chef de
ses eunuques, dit la Sultane, ayant été
introduits par la belle Safie, saluèrent les
dames et les Calenders avec beaucoup de
civilité. Les dames les reçurent de même,
les croyant marchands ; et Zobéide,
comme la principale, leur dit d'un air
grave et sérieux qui lui convenait: « Vous
êtes les bien venus ; mais, avant toutes
choses, ne trouvez pas mauvais que nous
vous demandions une grâce. » « Hé!
quelle grâce, Madame ? répondit le visir:
peut-on refuser quelque chose à de si belles
dames ? » « C'est, reprit Zobéide, de
n'avoir que des yeux et point de langue,
de ne nous pas faire de questions sur quoi
que vous puissiez voir, pour en apprendre
la cause, et de ne point parler de ce qui
ne vous regarde pas, de crainte que vous
n'entendiez ce qui ne vous serait point
agréable. » « Vous serez obéie, Madame,
reprit le visir. Nous ne sommes ni cen-
seurs, ni curieux indiscrets : c'est bien

assez que nous ayons attention à ce qui
nous regarde, sans nous mêler de ce qui
ne nous regarde pas. » A ces mots, chacun s'assit, la conversation se lia, et l'on
recommença à boire en faveur des nouveaux venus.

Pendant que le visir Giafar entretenait
les dames, le calife ne pouvait cesser d'admirer leur beauté extraordinaire, leur
bonne grâce, leur humeur enjouée et leur
esprit. D'un autre côté, rien ne lui paraissait plus surprenant que les Calenders, tous trois borgnes de l'œil droit. Il
se serait volontiers informé de cette sin-
gularité; mais la condition qu'on venait
d'imposer à lui et à sa compagnie l'empêcha d'en parler. Avec cela, quand il
faisait réflexion à la richesse des meubles,
à leur arrangement bien entendu, et à la
propreté de cette maison, il ne pouvait
se persuader qu'il n'y eût pas de l'enchantement.

L'entretien étant tombé sur les divertissemens et les différentes manières de se
réjouir, les Calenders se levèrent, et dan-
sèrent à leur mode une danse qui aug-

menta la bonne opinion que les dames avaient déjà conçue d'eux, et qui leur attira l'estime du calife et de sa compagnie.

Quand les trois Calenders eurent achevé leurs danse, Zobéïde se leva, et prenant Amine par la main : « Ma sœur, lui dit-elle, levez-vous ; la compagnie ne trouvera pas mauvais que nous ne nous contraignions point ; et leur présence n'empêchera pas que nous ne fassions ce que nous avons coutume de faire. » Amine, qui comprit ce que sa sœur voulait dire, se leva et emporta les plats, la table, les flacons, les tasses et les instrumens dont les Calenders avaient joué.

Safie ne demeura pas à rien faire ; elle balaya la salle, mit à sa place tout ce qui était dérangé, moucha les bougies, et y appliqua d'autre bois d'aloès et d'autre ambre gris. Cela étant fait, elle pria les trois Calenders de s'asseoir sur le sofa d'un côté, et le calife de l'autre avec sa compagnie. A l'égard du porteur, elle lui dit : « Levez-vous, et vous préparez à nous prêter la main à ce que nous allons faire ;

un homme tel que vous , qui est comme
de la maison, ne doit pas demeurer dans
l'inaction. »

Le porteur avait un peu cuvé son vin ;
il se leva promptement, et après avoir
attaché le bas de sa robe à sa ceinture :
« Me voilà prêt, dit-il ; de quoi s'agit-il ? »
« Cela va bien, répondit Safie, attendez
que l'on vous parle ; vous ne serez pas
long - temps les bras croisés. « Peu de
temps après, on vit paraître Amine avec
un siége, qu'elle posa au milieu de la
salle. Elle alla ensuite à la porte d'un cabinet, et l'ayant ouverte, elle fit signe au
porteur de s'approcher. « Venez, lui dit-
elle, et m'aidez. » Il obéit ; et y étant
entré avec elle, il en sortit un moment
après, suivi de deux chiennes noires, dont
chacune avait un collier attaché à une
chaîne qu'il tenait, et qui paraissaient
avoir été maltraitées à coups de fouet. Il
s'avança avec elles au milieu de la salle.

Alors Zobéïde, qui s'était assise entre
les Calenders et le calife, se leva, et marcha gravement jusqu'où était le porteur.
« Çà, dit-elle en poussant un grand sou-

pir, faisons notre devoir. » Elle se re-
troussa les bras jusqu'au coude, et après
avoir pris un fouet que Safie lui présenta :
« Porteur, dit-elle, remettez une de ces
deux chiennes à ma sœur Amine, et ap-
prochez-vous de moi avec l'autre. »

Le porteur fit ce qu'on lui commandait ; et quand il se fut approché de Zobéïde, la chienne qu'il tenait commença
à faire des cris, et se tourna vers Zobéïde
en levant la tête d'une manière suppliante.
Mais Zobéïde, sans avoir égard à la triste
contenance de la chienne qui faisait pitié,
ni à ses cris qui remplissaient toute la maison, lui donna des coups de fouet à perte
d'haleine ; et lorsqu'elle n'eut plus la force
de lui en donner davantage, elle jeta le
fouet par terre ; puis prenant la chaîne
de la main du porteur, elle leva la chienne
par les pattes ; et se mettant toutes les
deux à se regarder d'un air triste et touchant, elles pleurèrent l'une et l'autre.
Enfin, Zobéïde tira son mouchoir, essuya les larmes de la chienne, la baisa ;
et remettant la chaîne au porteur :
« Allez, lui dit-elle, remenez-la où

vous l'avez prise, èt amenez-moi l'autre.»

Le porteur remena la chienne fouettée au cabinet; et en revenant, il prit l'autre des mains d'Amine, et l'alla présenter à Zobéïde qui l'attendait. « Tenez-la comme la première, lui dit-elle. » Puis ayant repris le fouet, elle la maltraita de la même manière. Elle pleura ensuite avec elle, essuya ses pleurs, la baisa, et la remit au porteur, à qui l'agréable Amine épargna la peine de la remener au cabinet; car elle s'en charga elle-même.

Cependant les trois Calenders, le calife et sa compagnie furent extraordinairement étonnés de cette exécution. Ils ne pouvaient comprendre comment Zobéïde, après avoir fouetté avec tant de force les deux chiennes, animaux immondes, selon la religion musulmane, pleurait ensuite avec elles, leur essuyait les larmes, et les baisait. Ils en murmurèrent en eux-mêmes. Le calife sur-tout, plus impatient que les autres, mourait d'envie de savoir le sujet d'une action qui paraissait si étrange, et ne cessait de faire signe au

visir de parler pour s'en informer ; mais
le visir tournait la tête d'un autre côté,
jusqu'à ce que, pressé par des signes si
souvent réitérés, il répondit par d'autres
signes que ce n'était pas le temps de satisfaire sa curiosité.

Zobéïde demeura quelque temps à la
même place au milieu de la salle, comme
pour se remettre de la fatigue qu'elle
venait de se donner en fouettant les deux
chiennes. « Ma chère sœur, lui dit la belle
Safie, ne vous plaît-il pas de retourner à
votre place, afin qu'à mon tour je fasse
aussi mon personnage ? » « Oui, répondit
Zobéïde. » En disant cela, elle alla s'asseoir sur le sofa, ayant à sa droite le calife,
Giafar et Mesrour, et à sa gauche les trois
Calenders et le porteur.....

« Sire, dit en cet endroit Scheherazade,
ce que Votre Majesté vient d'entendre
doit sans doute lui paraître merveilleux ;
mais ce qui reste à raconter l'est encore
bien davantage. Je suis persuadée que
vous en conviendrez la nuit prochaine,
si vous voulez bien me permettre de

vous achever cette histoire. » Le Sultan y consentit, et se leva, parce qu'il était jour.

~~~~~~

XXXVe NUIT.

LA Sultane ne fut pas plutôt éveillée, que se souvenant de l'endroit où elle en était demeurée du conte de la veille, elle parla aussitôt de cette sorte, en adressant la parole au Sultan :

Sire, après que Zobéïde eut repris sa place, toute la compagnie garda quelque temps le silence. Enfin, Safie, qui s'était assise sur le siége au milieu de la salle, dit à sa sœur Amine: « Ma chère sœur, levez-vous, je vous en conjure ; vous comprenez bien ce que je veux dire. » Amine se leva et alla dans un autre cabinet que celui d'où les deux chiennes avaient été amenées. Elle en revint, tenant un étui garni de satin jaune, relevé d'une riche broderie d'or et de soie verte. Elle s'approcha de Safie, et ouvrit l'étui, d'où elle tira un luth qu'elle lui présenta. Elle le

prit ; et après avoir mis quelque temps à
l'accorder, elle commença à le toucher ;
et l'accompagnant de sa voix, elle chanta
une chanson sur les tourmens de l'absence, avec tant d'agrément, que le calife
et tous les autres en furent charmés. Lorsqu'elle eut achevé, comme elle avait
chanté avec beaucoup de passion et d'action en même temps : « Tenez, ma sœur,
dit-elle à l'agréable Amine, je n'en puis
plus, et la voix me manque ; obligez la
compagnie en jouant et en chantant à ma
place. » « Très - volontiers, répondit
Amine, en s'approchant de Safie, qui lui
remit le luth entre les mains, et lui céda
sa place. »

Amine, ayant un peu préludé, pour
voir si l'instrument était d'accord, joua et
chanta presque aussi long - temps sur le
même sujet, mais avec tant de véhémence,
et elle était si touchée, ou, pour mieux
dire, si pénétrée du sens des paroles qu'elle
chantait, que les forces lui manquèrent en
achevant.

Zobéïde voulut lui marquer sa satisfaction : « Ma sœur, dit-elle, vous avez fait

des merveilles : on voit bien que vous sen-
tez le mal que vous exprimez si vivement. »
Amine n'eut pas le temps de répondre à
cette honnêteté ; elle se sentit le cœur si
pressé en ce moment, qu'elle ne songea
qu'à se donner de l'air, en laissant voir à
toute la compagnie une gorge et un sein,
non pas blanc, tel qu'une dame comme
Amine devait l'avoir, mais tout meurtri
de cicatrices ; ce qui fit une espèce d'horreur aux spectateurs. Néanmoins cela ne
lui donna pas de soulagement, et ne l'empêcha pas de s'évanouir.....

« Mais, Sire, dit Scheherazade, je ne
m'aperçois pas que voilà le jour. » A ces
mots, elle cessa de parler, et le Sultan se
leva. Quand ce prince n'aurait pas résolu
de différer la mort de la Sultane, il n'aurait pu encore se résoudre à lui ôter la vie.
Sa curiosité était trop intéressée à entendre
jusqu'à la fin un conte rempli d'événemens
si peu attendus.

~~~~~~~~~~~~~~~~~~~~~~~~~~~~~~~~~~~~~

XXXVIe NUIT.

DINARZADE, suivant sa coutume, supplia sa sœur de continuer l'histoire des dames et des Calenders. Scheherazade la reprit ainsi :

Pendant que Zobéide et Safie coururent au secours de leur sœur, un des Calenders ne put s'empêcher de dire : « Nous aurions mieux aimé coucher à l'air, que d'entrer ici, si nous avions cru y voir de pareils spectacles. » Le calife, qui l'entendit, s'approcha de lui et des autres Calenders, et s'adressant à eux : « Que signifie tout ceci ? dit-il. « Celui qui venait de parler, lui répondit : » Seigneur, nous ne le savons pas plus que vous. « Quoi ! reprit le calife, vous n'êtes pas de la maison ? Vous ne pouvez rien nous apprendre de ces deux chiennes noires, et de cette dame évanouie et si indignement maltraitée ? » « Eh, Seigneur, repartirent les Calenders, de notre vie nous ne sommes

venus en cette maison, et nous n'y sommes
entrés que quelques momens avant vous. »

Cela augmenta l'étonnement du calife.
« Peut-être, répliqua-t-il, que cet homme
qui est avec vous en sait quelque chose. »
L'un des Calenders fit signe au porteur de
s'approcher, et lui demanda s'il ne savait
pas pourquoi les chiennes noires avaient
été fouettées, et pourquoi le sein d'A-
mine paraissait meurtri. « Seigneur, répondit le porteur, je puis jurer par le
grand Dieu vivant que si vous ne savez
rien de tout cela, nous n'en savons pas
plus les uns que les autres. Il est bien vrai
que je suis de cette ville ; mais je ne suis
jamais entré qu'aujourd'hui dans cette
maison ; et si vous êtes surpris de m'y
voir, je ne le suis pas moins de m'y trouver en votre compagnie. Ce qui re-
double ma surprise, ajouta-t-il, c'est
de ne voir ici aucun homme avec ces
dames. »

Le calife, sa compagnie et les Calenders avaient cru que le porteur était du
logis, et qu'il pourrait les informer de ce
qu'ils désiraient savoir. Le calife, résolu

de satisfaire sa curiosité à quelque prix
que ce fût, dit aux autres : « Ecoutez,
puisque nous voilà sept hommes, et que
nous n'avons affaire qu'à trois dames, obli-
geons-les à nous donner les éclaircissemens
que nous souhaitons. Si elles refusent de
nous les donner de bon gré, nous sommes
en état de les y contraindre. »

Le grand - visir Giafar s'opposa à cet
avis, et en fit voir les conséquences au
calife, sans toutefois faire connaître ce
prince aux Calenders ; et lui adressant la
parole, comme s'il eût été marchand :
« Seigneur, dit - il, considérez, je vous
prie, que nous avons notre réputation à
conserver. Vous savez à quelle condition
ces dames ont bien voulu nous recevoir
chez elles ; nous l'avons acceptée. Que di-
rait-on de nous, si nous y contrevenions ?
Nous serions encore plus blâmables, s'il
nous arrivait quelque malheur. Il n'y a
pas apparence qu'elles aient exigé de nous
cette promesse, sans être en état de nous
faire repentir, si nous ne la tenons pas. »

En cet endroit, le visir tira le calife à
part ; et lui parlant tout bas : « Seigneur,

poursuivit-il, la nuit ne durera pas encore long-temps ; que Votre Majesté se donne un peu de patience. Je viendrai prendre ces dames demain matin ; je les amènerai devant votre trône, et vous apprendrez d'elles tout ce que vous voulez savoir. » Quoique ce conseil fût très-judicieux, le calife le rejeta, imposa silence au visir, en lui disant qu'il ne pouvait attendre si long-temps, et qu'il prétendait avoir à l'heure même l'éclaircissement qu'il désirait.

Il ne s'agissait plus que de savoir qui porterait la parole. Le calife tâcha d'engager les Calenders à parler les premiers ; mais ils s'en excusèrent. A la fin, ils convinrent tous ensemble que ce serait le porteur. Il se préparait à faire la question fatale, lorsque Zobéïde, après avoir secouru Amine, qui était revenue de son évanouissement, s'approcha d'eux. Comme elle les avait ouï parler haut et avec chaleur, elle leur dit : « Seigneurs, de quoi parlez-vous ? Quelle est votre contestation ? »

Le porteur prit alors la parole ; « Madame, lui dit-il, ces seigneurs vous supplient de vouloir bien leur expliquer pourquoi, après avoir maltraité vos deux chiennes, vous avez pleuré avec elles; et d'où vient que la dame qui s'est évanouie a le sein couvert de cicatrices. C'est, Madame, ce que je suis chargé de vous demander de leur part. »

Zobéide, à ces mots, prit un air fier; et se tournant du côté du califè, de sa compagnie et des Calenders : « Est-il vrai, Seigneurs, leur dit-elle, que vous l'ayez chargé de me faire cette demande ? » Ils répondirent que oui, excepté le visir Giafar, qui ne dit mot. Sur cet aveu, elle leur dit, d'un ton qui marquait combien elle se tenait offensée : « Avant que de vous accorder la grâce que vous nous avez demandée de vous recevoir, afin de prévenir tout sujet d'être mécontentes de vous, parce que nous sommes seules, nous l'avons fait, sous la condition que nous vous avons imposée, de ne pas parler de ce qui ne vous regarderait point, de peur d'entendre ce qui ne vous plairait pas. Après vous avoir reçus et régalés du mieux qu'il nous a été possible, vous ne laissez pas toutefois de manquer de parole. Il est vrai que cela arrive par la facilité que nous avons eue; mais c'est ce qui ne vous excuse point, et votre procédé n'est pas honnête. » En achevant ces paroles, elle frappa fortement des pieds et des mains par trois fois, et cria : « Venez vite! » Aussitôt une porte s'ouvrit, et sept esclaves noirs, puissans et robustes, entrèrent le sabre à la main, se saisirent chacun d'un des sept hommes de la compagnie, les jetèrent par terre, les traînèrent au milieu de la salle, et se préparèrent à leur couper la tête.

Il est aisé de se représenter quelle fut la frayeur du calife. Il se repentit alors, mais trop tard, de n'avoir pas voulu suivre le conseil de son visir. Cependant ce malheureux prince, Giafar, Mesrour, le porteur et les Calenders étaient prêts à payer de leur vie leur indiscrète curiosité; mais, avant qu'ils reçussent le coup de la mort, un des esclaves dit à Zobéide et à ses sœurs : « Hautes, puissantes et respectables maîtresses, nous comman-

dez-vous de leur couper le cou?» «Attendez, lui répondit Zobéïde, il faut que
je les interroge auparavant.» «Madame,
interrompit le porteur effrayé, au nom
de Dieu, ne me faites pas mourir pour le
crime d'autrui. Je suis innocent; ce sont
eux qui sont les coupables. Hélas! continua-t-il en pleurant, nous passions le
temps si agréablement! Ces Calenders
borgnes sont la cause de ce malheur. Il
n'y a pas de ville qui ne tombe en ruine
devant des gens de si mauvais augure.
Madame, je vous supplie de ne pas con-
fondre le premier avec le dernier ; songez qu'il est plus beau de pardonner à
un misérable comme moi, dépourvu de
tout secours, que de l'accabler de votre
pouvoir, et de le sacrifier à votre ressentiment. »

Zobéïde, malgré sa colère, ne put s'empêcher de rire en elle-même des lamentations du porteur. Mais, sans s'arrêter à
lui, elle adressa la parole aux autres une
seconde fois : « Répondez-moi, dit-elle,
et m'apprenez qui vous êtes, autrement
vous n'avez plus qu'un moment à vivre.

Je ne puis croire que vous soyez d'honnêtes gens, ni des personnes d'autorité ou
de distinction dans votre pays, quel qu'il
puisse être. Si cela était, vous auriez eu
plus de retenue et plus d'égards pour
nous. »

Le calife, impatient de son naturel,
souffrait infiniment plus que les autres de
voir que sa vie dépendait du commandement d'une dame offensée et justement
irritée; mais il commença à concevoir
quelque espérance, quand il vit qu'elle
voulait savoir qui ils étaient tous; car il
s'imagina qu'elle ne lui ferait pas ôter
la vie, lorsqu'elle serait informée de son
rang. C'est pourquoi il dit tout bas au
visir, qui était près de lui, de déclarer
promptement qui il était. Mais le visir,
prudent et sage, désirait sauver l'honneur
de son maître, et, ne voulant pas rendre
public le grand affront qu'il s'était attiré
lui-même, il répondit seulement. « Nous
n'avons que ce que nous méritons. » Mais
quand, pour obéir au calife, il aurait
voulu parler, Zobéïde ne lui en aurait
pas donné le temps. Elle s'était déjà adres-

sée aux Calenders ; et les voyant tous trois borgnes, elle leur demanda s'ils étaient frères. Un d'entr'eux lui répondit pour les autres : « Non, Madame, nous ne sommes pas frères par le sang ; nous ne le sommes qu'en qualité de Calenders, c'est-à-dire, en observant le même genre de vie. » « Vous, reprit-elle, en parlant à un seul en particulier, êtes-vous borgne de naissance ? » « Non, Madame, répondit-il, je le suis par une aventure si surprenante, qu'il n'y a personne qui n'en profitât, si elle était écrite. Après ce malheur, je me fis raser la barbe et les sourcils, et me fis Calender, en prenant l'habit que je porte. »

Zobéïde fit la même question aux deux autres Calenders, qui lui firent la même réponse que le premier. Mais le dernier qui parla, ajouta : « Pour vous faire connaître, Madame, que nous ne sommes pas des personnes du commun, et afin que vous ayez quelque considération pour nous, apprenez que nous sommes tous trois fils de Rois. Quoique nous ne nous soyons jamais vus que ce soir, nous avons eu toutefois le temps de nous faire connaître les uns aux autres pour ce que nous sommes; et j'ose vous assurer que les Rois de qui nous tenons le jour ont fait quelque bruit dans le monde. »

A ce discours, Zobéïde modéra son courroux, et dit aux esclaves : « Donnez-leur un peu de liberté; mais demeurez ici. Ceux qui nous raconteront leur histoire, et le sujet qui les a amenés dans cette maison, ne leur faites point de mal, laissez-les aller où il leur plaira; mais n'é-pargnez pas ceux qui refuseront de nous donner cette satisfaction.....

A ces mots, Scheherazade se tut; et son silence, aussi bien que le jour qui paraissait, faisant connaître à Schahriar qu'il était temps qu'il se levât, ce prince le fit, se proposant d'entendre le lendemain Scheherazade, parce qu'il souhaitait de savoir qui étaient les trois Calenders borgnes.

XXXVIIᵉ NUIT.

La Sultane, voyant que sa sœur prenait toujours un plaisir extrême aux contes qu'elle lui faisait, poursuivit l'agréable histoire des Calenders, après en avoir demandé la permission au Sultan ; et l'ayant obtenue :

Sire, continua-t-elle, les trois Calenders, le calife, le grand-visir Giafar, l'eunuque Mesrour et le porteur étaient tous au milieu de la salle, assis sur le tapis de pied, en présence des trois dames, qui étaient sur le sofa, et des esclaves prêts à exécuter tous les ordres qu'elles voudraient leur donner.

Le porteur ayant compris qu'il ne s'agissait que de raconter son histoire pour se délivrer d'un si grand danger, prit la parole le premier, et dit : « Madame, vous savez déjà mon histoire, et le sujet qui m'a amené chez vous. Ainsi, ce que j'ai à vous raconter sera bientôt achevé. Madame votre sœur, que voilà, m'a pris

ce matin à la place, où, en qualité de
porteur, j'attendais que quelqu'un m'employât, et me fît gagner ma vie. Je l'ai
suivie chez un marchand de vin, chez un
vendeur d'herbes, chez un vendeur d'oranges, de limons et de citrons; puis
chez un vendeur d'amandes, de noix, de
noisettes et d'autres fruits; ensuite chez
un confiseur et chez un droguiste; de chez
le droguiste, mon panier sur la tête, et
chargé autant que je le pouvais être, je
suis venu jusque chez vous, où vous avez
eu la bonté de me souffrir jusqu'à présent. C'est une grâce dont je me souviendrai éternellement. Voilà mon histoire. »

Quand le porteur eut achevé, Zobéïde,
satisfaite, lui dit : « Sauve-toi, marche,
que nous ne te voyions plus. » «Madame,
reprit le porteur, je vous supplie de me
permettre encore de demeurer. Il ne serait pas juste qu'après avoir donné aux
autres le plaisir d'entendre mon histoire,
je n'eusse pas aussi celui d'écouter la leur. »
En disant cela, il prit place sur un bout
du sofa, fort joyeux de se voir hors d'un
péril qui l'avait tant alarmé. Après lui,

un des trois Calenders prénant la parole, et s'adressant à Zobéïde, comme à la prin; pale des trois dames, et comme à celle qui lui avait commandé de parler, commença ainsi son histoire :

HISTOIRE

DU PREMIER CALENDER, FILS DE ROI.

MADAME, pour vous apprendre pourquoi j'ai perdu mon œil droit, et la raison qui m'a obligé de prendre l'habit de Calender, je vous dirai que je suis né fils de Roi. Le Roi mon père avait un frère qui régnait comme lui dans un Etat voisin. Ce frère eut deux enfans, un prince et une princesse; et le prince et moi nous étions à peu près du même âge.

Lorsque j'eus fini tous mes exercices, et que le Roi mon père m'eut donné une liberté honnête, j'allais régulièrement chaque année voir le Roi mon oncle, et je demeurais à sa Cour un mois ou deux, après quoi je me rendais auprès du Roi mon père. Ces voyages nous donnèrent occasion', au prince mon cousin et à moi, de contracter ensemble une amitié très-forte et très-particulière. La dernière fois que je le vis, il me reçut avec de plus grandes démonstrations de tendresse qu'il n'avait fait encore ; et voulant un jour me régaler, il fit pour cela des préparatifs extraordinaires. Nous fûmes long-temps à table ; et après que nous eûmes bien soupé tous deux : « Mon cousin, me dit-il, vous ne devineriez jamais à quoi je me suis occupé depuis votre dernier voyage. Il y un an, qu'après votre départ je mis un grand nombre d'ouvriers en besogne pour un dessein que je médite. J'ai fait faire un édifice qui est achevé, et on y peut loger présentement : vous ne serez pas fâché de le voir ; mais il faut auparavant que vous me fassiez serment de me garder le secret et la fidélité : ce sont deux choses que j'exige de vous. »

L'amitié et la familiarité qui étaient entre nous, ne me permettant pas de lui rien refuser, je fis sans hésiter un serment tel qu'il le souhaitait ; alors il me dit :

« Attendez-moi ici, je suis à vous dans un moment. » En effet, il ne tarda pas à revenir, et je le vis entrer avec une dame d'une beauté singulière, et magnifiquement habillée. Il ne me dit pas qui elle était, et je ne crus pas devoir m'en informer. Nous nous remîmes à table avec la dame, et nous y demeurâmes encore quelque temps, en nous entretenant de choses indifférentes, et en buvant des rasades à la santé de l'un et de l'autre. Après cela, le prince me dit : « Mon cousin, nous n'avons pas de temps à perdre ; obligez-moi d'emmener avec vous cette dame, et de la conduire d'un tel côté, à un endroit où vous verrez un tombeau en dôme nouvellement bâti. Vous le connaîtrez aisément ; la porte est ouverte : entrez-y ensemble, et m'attendez. Je m'y rendrai bientôt. »

Fidèle à mon serment, je n'en voulus pas savoir davantage. Je présentai la main à la dame ; et, au moyen des renseignemens que le prince mon cousin m'avait donnés, je la conduisis heureusement, au clair de la lune, sans m'égarer. A peine fûmes-nous arrivés au tombeau , que nous vîmes paraître le prince, qui nous suivait, chargé d'une petite cruche pleine d'eau, d'une houe et d'un petit sac où il y avait du plâtre.

La houe lui servit à démolir le sépulcre vide qui était au milieu du tombeau; il ôta les pierres l'une après l'autre, et les rangea dans un coin. Quand il les eut toutes ôtées, il creusa la terre, et je vis une trappe qui était sous le sépulcre. Il la leva ; et au-dessous j'aperçus le haut d'un escalier en limaçon. Alors mon cousin s'adressant à la dame, lui dit : « Madame, voilà par où l'on se rend au lieu dont je vous ai parlé. » La dame, à ces mots, s'approcha et descendit, et le prince se mit en devoir de la suivre ; mais se retournant auparavant de mon côté : « Mon cousin, me dit-il, je vous suis infiniment obligé de la peine que vous avez prise, je vous en remercie. Adieu. » « Mon cher cousin, m'écrié-je, qu'est-ce que cela signifie? » « Que cela vous suffise, me répondit-il ; vous pouvez reprendre le chemin par où vous êtes venu. »

Schéhérazade en était là lorsque le jour,

venant à paraître, l'empêcha de passer
outre. Le Sultan se leva, fort en peine de
savoir le dessein du prince et de la dame,
qui semblaient vouloir s'enterrer tout vifs.
Il attendit impatiemment la nuit suivante
pour en être éclairci.

~~~~~~

XXXVIIIᵉ NUIT.

SCHAHRIAR ayant témoigné à la Sultane
qu'elle lui ferait plaisir de continuer le
conte du premier Calender, elle en reprit
le fil dans ces termes :

Madame, dit le Calender à Zobéide,
je ne pus tirer autre chose du prince mon
cousin, et je fus obligé de prendre congé
de lui. En m'en retournant au palais du
Roi mon oncle, les vapeurs du vin me
montaient à la tête. Je ne laissai pas néanmoins de gagner mon appartement, et de
me coucher. Le lendemain, à mon réveil,
faisant réflexion sur ce qui m'était arrivé
la nuit, et après avoir rappelé toutes les
circonstances d'une aventure si singulière,
il me sembla que c'était un songe. Prévenu

de cette pensée, j'envoyai savoir si le prince mon cousin était en état d'être vu. Mais lorsqu'on me rapporta qu'il n'avait pas couché chez lui; qu'on ne savait ce qu'il était devenu, et qu'on en était fort en peine, je jugeai bien que l'étrange événement du tombeau n'était que trop véritable. J'en fus vivement affligé; et me dérobant à tout le monde, je me rendis secrètement au cimetière public, où il y avait une infinité de tombeaux semblables à celui que j'avais vu. Je passai la journée à les considérer l'un après l'autre; mais je ne pus démêler celui que je cherchais, et je fis, durant quatre jours, la même recherche inutilement.

Il faut savoir que pendant ce temps-là, le Roi mon oncle était absent. Il y avait plusieurs jours qu'il était à la chasse. Je m'ennuyai de l'attendre; et après avoir prié ses ministres de lui faire mes excuses à son retour, je partis de son palais pour me rendre à la Cour de mon père, dont je n'avais pas coutume d'être éloigné si long-temps. Je laissai les ministres du Roi mon oncle fort en peine d'apprendre ce qu'était devenu le prince mon cousin. Mais pour ne pas violer le serment que j'avais fait de lui garder le secret, je n'osai les tirer d'inquiétude, et ne voulus rien leur communiquer de ce que je savais.

J'arrivai à la capitale où le Roi mon père faisait sa résidence ; et contre l'ordinaire, je trouvai à la porte de son palais une grosse garde, dont je fus environné en entrant. J'en demandai la raison, et l'officier prenant la parole, me répondit : « Prince, l'armée a reconnu le grand-visir à la place du Roi votre père, qui n'est plus ; et je vous arrête prisonnier de la part du nouveau Roi. » A ces mots, les gardes se saisirent de moi, et me conduisirent devant le tyran. Jugez, Madame, de ma surprise et de ma douleur.

Ce rebelle visir avait conçu pour moi une forte haine, qu'il nourrissait depuis long-temps. En voici le sujet : Dans ma plus tendre jeunesse, j'aimais à tirer de l'arbalète ; j'en tenais une un jour au haut du palais sur la terrasse, et je me divertissais à en tirer. Il se présenta un oiseau devant moi : je le mirai ; mais je le man-

quai, et la flèche, par hasard, donna droit
contre l'œil du visir, qui prenait l'air sur
la terrasse de sa maison, et le creva. Lorsque j'appris ce malheur, j'en fis faire des
excuses au visir, et je lui en fis moi-même;
mais il ne laissa pas d'en conserver un vif
ressentiment, dont il me donnait des marques quand l'occasion s'en présentait. Il le
fit éclater d'une manière barbare, quand il
me vit en son pouvoir. Il vint à moi comme
un furieux d'abord qu'il m'aperçut; et en-
fonçant ses doigts dans mon œil droit, il
l'arracha lui-même. Voilà par quelle aventure je suis borgne.

Mais l'usurpateur ne borna pas là sa
cruauté : il me fit enfermer dans une caisse,
et ordonna au bourreau de me porter en
cet état fort loin du palais, et de m'abandonner aux oiseaux de proie, après m'a-
voir coupé la tête. Le bourreau, accompagné d'un autre homme, monta à cheval, chargé de la caisse, et s'arrêta dans
la campagne pour exécuter son ordre.
Mais je fis si bien par mes prières et par
mes larmes, que j'excitai sa compassion.
« Allez, me dit-il, sortez promptement

du royaume, et gardez-vous bien d'y revenir ; car vous y rencontreriez votre
perte, et vous seriez cause de la mienne. »
Je le remerciai de la grâce qu'il me faisait,
et je ne fus pas plutôt seul, que je me con-
solai d'avoir perdu mon œil, en songeant
que j'avais évité un plus grand malheur.

Dans l'état où j'étais, je ne faisais pas
beaucoup de chemin. Je me retirais dans
des lieux écartés pendant le jour, et je
marchais la nuit, autant que mes forces
me le pouvaient permettre. J'arrivai enfin
dans les États du Roi mon oncle, et je me
rendis à sa capitale.

Je lui fis un long détail de la cause tra-
gique de mon retour, et du triste état où il
me voyait. « Hélas, s'écria-t-il, n'était-ce
pas assez d'avoir perdu mon fils ? Fallait-il
que j'apprisse encore la mort d'un frère
qui m'était cher, et que je vous visse dans
le déplorable état où vous êtes réduit ! » Il
me marqua l'inquiétude où il était de n'a-
voir reçu aucune nouvelle du prince son
fils, quelques perquisitions qu'il en eût fait
faire, et quelque diligence qu'il y eût ap-
portée. Ce malheureux père pleurait à

chaudes larmes en me parlant; et il me
parut tellement affligé, que je ne pus résister à sa douleur. Quelque serment que
j'eusse fait au prince mon cousin, il me fut
impossible de le garder. Je racontai au
Roi son père tout ce que je savais. Le Roi
m'écouta avec quelque sorte de consolation; et quand j'eus achevé: « Mon neveu,
me dit-il, le récit que vous venez de me
faire me donne quelque espérance. J'ai su
que mon fils faisait bâtir ce tombeau, et
je sais à-peu-près en quel endroit : avec
l'idée qui vous en est restée, je me flatte
que nous le trouverons. Mais puisqu'il
l'a fait faire secrètement, et qu'il a exigé
de vous le secret, je suis d'avis que nous
l'allions chercher tous deux seuls, pour
éviter l'éclat. » Il avait une raison, qu'il
ne me disait pas, d'en vouloir dérober la
connaissance à tout le monde : c'était une
raison très-importante, comme la suite de
mon discours le fera connaître.

Nous nous déguisâmes l'un et l'autre,
et nous sortîmes par une porte du jardin
qui ouvrait sur la campagne. Nous fûmes
assez heureux pour trouver bientôt ce que

nous cherchions. Je reconnus le tombeau, et j'en eus d'autant plus de joie, que je l'avais en vain cherché long-temps. Nous y entrâmes, et trouvâmes la trappe de fer abattue sur l'entrée de l'escalier. Nous eûmes de la peine à la lever, parce que le prince l'avait scellée en dedans avec le plâtre et l'eau dont j'ai parlé ; mais enfin nous la levâmes.

Le Roi mon oncle descendit le premier. Je le suivis, et nous descendîmes environ cinquante degrés. Quand nous fûmes au bas de l'escalier, nous nous trouvâmes dans une espèce d'antichambre remplie d'une fumée épaisse et de mauvaise odeur, et dont la lumière, que rendait un très-beau lustre, était obscurcie.

De cette antichambre, nous passâmes dans une chambre fort grande, soutenue de grosses colonnes, et éclairée de plusieurs autres lustres. Il y avait une citerne au milieu, et l'on voyait plusieurs sortes de provisions de bouche rangées d'un côté. Nous fûmes assez surpris de n'y voir personne. Il y avait en face un sofa assez élevé, où l'on montait par quelques degrés, et au-

dessus duquel paraissait un lit fort large,
dont les rideaux étaient fermés. Le Roi
monta, et les ayant ouverts, il aperçut le
prince son fils et la dame couchés ensemble, mais brûlés et changés en charbon,
comme si on les eût jetés dans un grand
feu, et qu'on les en eût retirés avant que
d'être consumés.

Ce qui me surprit plus que toute autre
chose, c'est qu'à ce spectacle, qui faisait
horreur, le Roi mon oncle, au lieu de témoigner de l'affliction en voyant le prince
son fils dans un état si affreux, lui cracha
au visage, en lui disant d'un air indigné :
« Voilà quel est le châtiment de ce monde;
« mais celui de l'autre durera éternelle-
« ment. » Il ne se contenta pas d'avoir
prononcé ces paroles, il se déchaussa, et
donna sur la joue de son fils un grand coup
de sa pantoufle.

« Mais, Sire, dit Scheherazade, il est
jour; je suis fâché que Votre Majesté n'ait
pas le loisir de m'écouter d'avantage. »
Comme cette histoire du premier Calender n'était pas encore finie, et qu'elle

paraissait étrange au Sultan, il se leva dans la résolution d'en entendre le reste la nuit suivante.

~~~~~~~~~~~~~~~~~~~~~~~~~~~~~~~~~~

XXXIXᵉ NUIT.

La Sultane, voyant que sa sœur se mourait d'impatience de savoir la fin de l'histoire du premier Calender, lui dit : Hé bien, vous saurez donc que le premier Calender, continuant de raconter son histoire à Zobéide :

Je ne puis vous exprimer, Madame, poursuivit-il, quel fut mon étonnement, lorsque je vis le Roi mon oncle maltraiter ainsi le prince son fils après sa mort.

« Sire, lui dis-je, quelque douleur qu'un objet si funeste soit capable de me causer, je ne laisse pas de la suspendre pour demander à Votre Majesté quel crime peut avoir commis le prince mon cousin, pour mériter que vous traitiez ainsi son cadavre. » « Mon neveu, me répondit le Roi, je vous dirai que mon fils, indigne de porter ce nom, aima sa sœur dès ses

premières années, et que sa sœur l'aima
de même. Je ne m'opposai point à leur
amitié naissante, parce que je ne prévoyais
pas le mal qui en pourrait arriver. Et qui
aurait pu le prévoir? Cette tendresse augmenta avec l'âge, et parvint à un point
que j'en craignis enfin la suite. J'y ap-
portai alors le remède qui était en mon
pouvoir. Je ne me contentai pas de prendre mon fils en particulier, et de lui faire
une forte réprimande, en lui présentant
l'horreur de la passion dans laquelle il
s'engageait, et la honte éternelle dont il
allait couvrir ma famille, s'il persistait
dans des sentimens si criminels; je repré-
sentai les mêmes choses à ma fille, et je
la renfermai de sorte qu'elle n'eut plus
de communication avec son frère. Mais la
malheureuse avait avalé le poison, et tous
les obstacles que put mettre ma prudence
à leur amour, ne servirent qu'à l'irriter.
Mon fils, persuadé que sa sœur était toujours la même pour lui, sous prétexte de
se faire bâtir un tombeau, fit préparer
cette demeure souterraine, dans l'espérance de trouver un jour l'occasion d'en-

lever le coupable objet de sa flamme, et de l'amener ici. Il a choisi le temps de mon absence pour forcer la retraite où était sa sœur; et c'est une circonstance que mon honneur ne m'a pas permis de publier. Après une action si condamnable, il s'est venu renfermer avec elle dans ce lieu, qu'il a muni, comme vous voyez, de toutes sortes de provisions, afin d'y pouvoir jouir long-temps de ses détestables amours, qui doivent faire horreur à tout le monde. Mais Dieu n'a pas voulu souffrir cette abomination, et les a justement châtiés l'un et l'autre. » Il fondit en pleurs en achevant ces paroles, et je mêlai mes larmes avec les siennes.

Quelque temps après, il jeta les yeux sur moi. « Mais, mon cher neveu, reprit-il en m'embrassant, si je perds un indigne fils, je retrouve heureusement en vous de quoi mieux remplir la place qu'il occupait. » Les réflexions qu'il fit encore sur la triste fin du prince et de la princesse sa fille nous arrachèrent de nouvelles larmes.

Nous remontâmes par le même esca-

lier, et sortîmes enfin de ce lieu funeste.
Nous abaissâmes la trappe de fer, et la
couvrîmes de terre et de matériaux dont
le sépulcre avait été bâti, afin de cacher,
autant qu'il nous était possible, un effet si
terrible de la colère de Dieu.

Il n'y avait pas long-temps que nous
étions de retour au palais, sans que personne se fût aperçu de notre absence,
lorsque nous entendîmes un bruit confus
de trompettes, de timbales, de tambours
et d'autres instrumens de guerre. Une
poussière épaisse dont l'air était obscurci,
nous apprit bientôt ce que c'était, et
nous annonça l'arrivée d'une armée for-
midable. C'était le même visir qui avait
détrôné mon père et usurpé ses États,
qui venait pour s'emparer aussi de ceux
du Roi mon oncle, avec des troupes in-
nombrables.

Ce prince, qui n'avait alors que sa
garde ordinaire, ne put résister à tant d'ennemis. Ils investirent la ville; et comme
les portes leur furent ouvertes sans résistance, ils eurent peu de peine à s'en rendre
maîtres. Ils n'en eurent pas d'avantage à

pénétrer jusqu'au palais du Roi mon oncle, qui se mit en défense; mais il fut tué,
après avoir vendu chèrement sa vie. De
mon côté, je combattis quelque temps;
mais voyant bien qu'il fallait céder à la
force, je songeai à me retirer, et j'eus le
bonheur de me sauver par des détours, et
de me rendre chez un officier du Roi, dont
la fidélité m'était connue.

Accablé de douleur, persécuté par la
fortune, j'eus recours à un stratagème,
qui était la seule ressource qui me restait
pour me conserver la vie. Je me fis raser
la barbe et les sourcils; et ayant pris l'habit de Calender, je sortis de la ville sans
que persone me reconnût. Après cela, il
me fut aisé de m'éloigner du royaume du
Roi mon oncle, en marchant par des chemins écartés. J'évitai de passer par les
villes, jusqu'à ce qu'étant arrivé dans
l'Empire du puissant commandeur des
Croyans *, le glorieux et renommé calife
Haroun Alraschid, je cessai de craindre.
Alors, me consultant sur ce que j'avais à

---

* Titre des califes.

faire, je pris la résolution de venir à Bagdad me jeter aux pieds de ce grand monarque, dont on vante partout la généro-
sité. « Je le toucherai, disais-je, par le
récit d'une histoire aussi surprenante que
la mienne ; il aura pitié, sans doute, d'un
malheureux prince, et je n'implorerai pas
vainement son appui. »

Enfin, après un voyage de plusieurs
mois, je suis arrivé aujourd'hui à la porte
de cette ville ; j'y suis entré sur la fin du
jour ; et m'étant un peu arrêté pour reprendre mes esprits, et délibéré de quel
côté je tournerais mes pas, cet autre Calender que voici près de moi, arriva aussi
en voyageur. Il me salue : je le salue de
même. « A vous voir, lui dis-je, vous êtes
étranger comme moi. » Il me répond que
je ne me trompe pas. Dans le moment
qu'il me fait cette réponse, le troisième
Calender que vous voyez survient. Il
nous salue, et fait connaître qu'il est aussi
étranger, et nouveau-venu à Bagdad.
Comme frères, nous nous joignons ensemble, et nous résolvons de ne nous pas
séparer.

Cependant il était tard , et nous ne savions où aller loger , dans une ville où nous n'avions aucune habitude, et où nous n'étions jamais venus. Mais notre bonne fortune nous ayant conduits devant votre porte, nous avons pris la liberté de frapper ; vous nous avez reçus avec tant de charité et de bonté, que nous ne pouvons assez vous en remercier. «Voilà, Madame, ajouta-t-il, ce que vous m'avez commandé de vous raconter , pourquoi j'ai perdu mon œil droit, pourquoi j'ai la barbe et les sourcils ras , et pourquoi je suis en ce moment chez vous. »

« C'est assez , dit Zobéïde, nous sommes contentes : retirez-vous où il vous plaira. » Le Calender s'en excusa , et supplia la dame de lui permettre de demeurer, pour avoir la satisfaction d'entendre l'histoire de ses deux confrères , qu'il ne pouvait, disait-il, abandonner honnêtement, et celle des trois autres personnes de la compagnie.

« Sire, dit en cet endroit Scheherazade, le jour, que je vois, m'empêche de passer à l'histoire du second Calender ; mais si

Votre Majesté veut l'entendre demain,
elle n'en sera pas moins satisfaite que de
celle du premier. » Le Sultan y consentit,
et se leva pour aller tenir son conseil.

~~~~~~

XLe NUIT.

DINARZADE ne doutant point qu'elle ne
prît autant de plaisir à l'histoire du second
Calender, qu'elle en avait pris à l'autre,
ne manqua pas d'éveiller la Sultane avant
le jour, en la priant de commencer l'histoire qu'elle avait promise. Scheherazade
aussitôt adressa la parole au Sultan, et
parla dans ces termes :

Sire, l'histoire du premier Calender
parut étrange à toute la compagnie, et
particulièrement au calife. La présence
des esclaves avec leurs sabres à la main,
ne l'empêcha pas de dire tout bas au visir :
« Depuis que je me connais, j'ai bien entendu des histoires ; mais je n'ai jamais
rien ouï qui approchât de celle de ce Calender. » Pendant qu'il parlait ainsi, le
second Calender prit la parole, et l'adressant à Zobéïde :

HISTOIRE

DU SECOND CALENDER, FILS DE ROI.

MADAME, dit-il, pour obéir à votre commandement, et vous apprendre par quelle étrange aventure je suis devenu borgne de l'œil droit, il faut que je vous conte toute l'histoire de ma vie.

J'étais à peine hors de l'enfance, que le Roi mon père (car vous saurez, Madame, que je suis né prince), remarquant en moi beaucoup d'esprit, n'épargna rien pour le cultiver. Il appela auprès de moi tout ce qu'il y avait dans ses Etats de gens qui excellaient dans les sciences et dans les beaux-arts. Je ne sus pas plutôt lire et écrire, que j'appris par cœur l'alcoran tout entier, ce livre admirable qui contient le fondement, les préceptes et la règle de notre religion. Et afin de m'en instruire à fond, je lus les ouvrages des auteurs les plus éprouvés, et qui l'ont éclairci par leurs commentaires. J'ajoutai à cette lecture la connaissance de toutes les traditions recueillies de la bouche de nos prophètes par les grands hommes ses contemporains. Je ne me contentai pas de ne rien ignorer de tout ce qui regardait notre religion, je me fis une étude particulière de nos histoires; je me perfectionnai dans les belles-lettres, dans la lecture de nos poëtes, dans la versification. Je m'attachai à la géographie, à la chronologie, et à parler purement notre langue, sans toutefois négliger aucun des exercices qui conviennent à un prince. Mais une chose que j'aimais beaucoup, et à quoi je réussissais principalement, c'était à former les caractères de notre langue arabe. J'y fis tant de progrès, que je surpassai tous les maîtres écrivains de notre royaume qui s'étaient acquis le plus de réputation.

La renommée me fit plus d'honneur que je ne méritais. Elle ne se contenta pas de semer le bruit de mes talens dans les Etats du Roi mon père, elle le porta jusqu'à la Cour des Indes, dont le puissant monarque, curieux de me voir, envoya un ambassadeur avec de riches présens, pour me demander à mon père, qui fut ravi de cette ambassade pour plusieurs raisons. Il était persuadé que rien ne convenait mieux à un prince de mon âge, que de voyager dans les Cours étrangères; et d'ailleurs il était bien aise de s'attirer l'amitié du sultan des Indes. Je partis donc avec l'ambassadeur; mais avec peu d'équipage, à cause de la longueur et de la difficulté des chemins.

Il y avait un mois que nous étions en marche, lorsque nous découvrîmes de loin un gros nuage de poussière, sous lequel nous vîmes bientôt paraître cinquante cavaliers bien armés : c'étaient des voleurs qui venaient à nous au grand galop....

Scheherazade, étant en cet endroit, aperçut le jour, et en avertit le Sultan, qui se leva ; mais voulant savoir ce qui se passerait entre les cinquante cavaliers et l'ambassadeur des Indes, ce prince attendit la nuit suivante impatiemment.

XLIe NUIT.

IL était presque jour, lorsque Scheherazade reprit de cette manière l'histoire du second Calender :

« Madame, poursuivit le Calender en parlant toujours à Zobéïde, comme nous avions dix chevaux chargés de notre bagage et des présens que je devais faire au sultan des Indes, de la part du Roi mon père, et que nous étions peu de monde, vous jugez bien que ces voleurs ne manquèrent pas de venir à nous hardiment. N'étant pas en état de repousser la force par la force, nous leur dîmes que nous étions des ambassadeurs du sultan des Indes, et que nous espérions qu'ils ne feraient rien contre le respect qu'ils lui devaient. Nous crûmes sauver par-là notre équipage et nos vies ; mais les voleurs nous répondirent insolemment : « Pourquoi voulez-vous que nous respections le Sultan votre maître ? Nous ne sommes pas ses sujets ; nous ne sommes pas même sur ses terres. » En achevant ces paroles, ils nous enveloppèrent et nous attaquèrent. Je me défendis le plus long-temps qu'il me fut possible ; mais me sentant blessé, et voyant que l'ambassadeur, ses gens et les miens avaient tous été jetés par terre, je profitai du reste des forces de mon cheval, qui avait été aussi fort blessé, et je m'éloignai d'eux. Je le poussai tant qu'il me put porter ; mais venant tout-à-coup à manquer sous moi, il tomba roide mort de lassitude et du sang qu'il avait perdu. Je me débarrassai de lui assez vite ; et remarquant que personne ne me poursuivait, je jugeai que les voleurs n'avaient pas voulu s'écarter du butin qu'ils avaient fait.

En cet endroit, Schchcrazade s'apercevant qu'il était jour, fut obligée de s'arrêter. « Ah! ma sœur, dit Dinarzade, je suis bien fâchée que vous ne puissiez pas continuer cette histoire. » « Si vous n'aviez pas été paresseuse aujourd'hui, répondit la Sultane, j'en aurais dit davange.» « Hé bien, reprit Dinarzade, je serai demain plus diligente, et j'espère que vous dédommagerez la curiosité du Sultan de ce que ma négligence lui a fait perdre. » Schahriar se leva sans rien dire, et alla à ses occupations ordinaires.

~~~~~~~~~~~~~~~~~~~~~~~~~~~~~~~~~~~~~~

XLIIᵉ NUIT.

Dɪɴᴀʀᴢᴀᴅᴇ ne manqua pas d'appeler la Sultane de meilleure heure que le jour précédent, et Scheherazade continua, dans ces termes, le conte du second Calender :

Me voilà donc, Madame, dit le second Calender, seul, blessé, destitué de tout secours, dans un pays qui m'était inconnu. Je n'osai reprendre le grand chemin, de peur de retomber entre les mains de ces voleurs. Après avoir bandé ma plaie, qui n'était pas dangereuse, je marchai le reste du jour, et j'arrivai au pied d'une montagne, où j'aperçus à mi-côte l'ouverture d'une grotte ; j'y entrai et j'y passai la nuit tranquillement, après avoir mangé quelques fruits que j'avais cueillis en mon chemin.

Je continuai de marcher le lendemain et les jours suivans, sans trouver
d'endroit où m'arrêter. Mais au bout d'un
mois je découvris une grande ville très-
peuplée, et située d'autant plus avanta-
geusement, qu'elle était arrosée, aux environs, de plusieurs rivières, et qu'il y
régnait un printemps perpétuel. Les objets agréables qui se présentèrent alors à
mes yeux, me causèrent de la joie, et
suspendirent pour quelques momens la
tristesse mortelle où j'étais de me voir en
l'état où je me trouvais. J'avais le visage,
les mains et les pieds d'une couleur basa-
née, car le soleil me les avait brûlés; à
force de marcher, ma chaussure s'était
usée, et j'avais été réduit à marcher nu-
pieds; outre cela, mes habits étaient tout
en lambeaux.

J'entrai dans la ville pour prendre
langue, et m'informer du lieu où j'étais;
je m'adressai à un tailleur qui travaillait
à sa boutique. A ma jeunesse et à mon
air, qui marquait autre chose que je ne pa-
raissais, il me fit asseoir près de lui. Il me
demanda qui j'étais, d'où je venais, et ce

qui m'avait amené. Je ne lui déguisai rien
de tout ce qui m'était arrivé; et ne fis pas
même difficulté de lui découvrir ma condition. Le tailleur m'écouta avec attention; mais lorsque j'eus achevé de parler,
au lieu de me donner de la consolation,
il augmenta mes chagrins. « Gardez-vous
bien, me dit-il, de faire confidence à
personne de ce que vous venez de m'apprendre; car le prince qui règne en ces
lieux est le plus grand ennemi qu'ait le
Roi votre père; et il vous ferait sans doute
quelque outrage, s'il était informé de
votre arrivée en cette ville. » Je ne doutai
point de la sincérité du tailleur, quand il
m'eut nommé le prince. Mais comme
l'inimitié qui est entre mon père et lui
n'a pas de rapport avec mes aventures,
vous trouverez bon, Madame, que je la
passe sous silence.

Je remerciai le tailleur de l'avis qu'il
me donnait, et lui témoignai que je m'en
remettais entièrement à ses bons conseils,
et que je n'oublierais jamais le plaisir
qu'il me ferait. Comme il jugea que je ne
devais pas manquer d'appétit, il me fit

apporter à manger, et m'offrit même un logement chez lui; ce que j'acceptai.

Quelques jours après, mon arrivée, remarquant que j'étais assez remis de la fatigue du long et pénible voyage que je venais de faire, et n'ignorant pas que la plupart des princes de notre religion, par précaution contre les revers de la fortune, apprennent quelque art ou quelque métier, pour s'en servir en cas de besoin, il me demanda si j'en savais quelqu'un dont je pusse vivre sans être à charge à personne. Je lui répondis que je savais l'un et l'autre droit; que j'étais grammairien, poëte, et surtout que j'écrivais parfaitement bien. « Avec tout ce que vous venez de dire, répliqua-t-il, vous ne gagnerez pas dans ce pays-ci de quoi vous avoir un morceau de pain : rien n'est ici plus inutile que ces sortes de connaissances. Si vous voulez suivre mon conseil, ajouta-t-il, vous prendrez un habit court; et comme vous me paraissez robuste et d'une bonne constitution, vous irez dans la forêt prochaine faire du bois à brûler; vous viendrez l'exposer en vente à la place, et

je vous assure que vous vous ferez un petit
revenu, dont vous vivrez indépendamment de personne. Par ce moyen, vous
vous mettrez en état d'attendre que le
Ciel vous soit favorable, et qu'il dissipe
le nuage de mauvaise fortune qui traverse
le bonheur de votre vie; et vous oblige
à cacher votre naissance. Je me charge
de vous faire trouver une corde et une
cognée. »

La crainte d'être reconnu, et la nécessité de vivre, me déterminèrent à
prendre ce parti, malgré la bassesse et
la peine qui y étaient attachées. Dès le
jour suivant, le tailleur m'acheta une
cognée et une corde, avec un habit court;
et me recommandant à de pauvres habitans qui gagnaient leur vie de la même
manière, il les pria de me mener avec
eux. Ils me conduisirent à la forêt; et dès
le premier jour, j'en rapportai sur ma
tête une grosse charge de bois, que je
vendis une demi-pièce de monnaie d'or
du pays; car quoique la forêt ne fût pas
éloignée, le bois néanmoins ne laissait
pas d'être cher en cette ville, à cause du

peu de gens qui se donnaient la peine d'en aller couper. En peu de temps je gagnai beaucoup, et je rendis au tailleur l'argent qu'il avait avancé pour moi.

Il y avait déjà plus d'une année que je vivais de cette sorte, lorsqu'un jour ayant pénétré dans la forêt plus avant que de coutume, j'arrivai dans un endroit fort agréable, où je me mis à couper du bois. En arrachant une racine d'arbre, j'aperçus un anneau de fer attaché à une trappe de même métal. J'ôtai aussitôt la terre qui la couvrait; je la levai, et je vis un escalier par où je descendis avec ma cognée. Quand je fus au bas de l'escalier, je me trouvai dans un vaste palais, qui me causa une grande admiration, par la lumière qui l'éclairait, comme s'il eût été sur la terre dans l'endroit le mieux exposé. Je m'avançai par une galerie soutenue de colonnes de jaspe avec des bases et des chapiteaux d'or massif; mais voyant venir au-devant de moi une dame, elle me parut avoir un air si noble, si aisé, et une beauté si extraordinaire, que détournant mes yeux de tout autre objet, je m'attachai uniquement à la regarder. »

Là, Scheherazade cessa de parler, parce qu'elle vit qu'il était jour. « Ma chère sœur, dit alors Dinarzade, je vous avoue que je suis fort contente de ce que vous avez raconté aujourd'hui, et je m'imagine que ce qui vous reste à raconter n'est pas moins merveilleux. »

« Vous ne vous trompez pas, répondit la Sultane; car la suite de l'histoire de ce second Calender est plus digne de l'attention du Sultan mon seigneur, que tout ce qu'il a entendu jusqu'à présent. » « J'en doute, dit Schahriar en se levant; mais nous verrons cela demain. »

FIN DU PREMIER VOLUME.

TABLE

DU TOME PREMIER.

Fin de la Table du premier volume.

www.ingramcontent.com/pod-product-compliance
Lightning Source LLC
Chambersburg PA
CBHW071857020726
47502CB00003B/790